유화 글

고운출판사

# 시간을 잇는 전당포

유화 글

어떤 전당포가 있다.

말 그대로 전당포다. 무언가를 담보로 잡고 다른 무언가를 내어주는 점포.

'시간을 잇는 전당포'라는 간판을 달고 있는 전당포는 여러 곳에서 목격됐다. 사람들이 붐비는 도심 한가운데에서도, 높은 빌딩이라곤 좀처럼 볼 수 없는 평범한 마을에서도, 사람의 소리보다 새와 파도의 소리가 더 자주들려오는 바다 마을에서도 전당포를 찾을 수 있었다.

똑같은 이름을 가진 전당포는 어딘가에 또 있을 수도

있겠지만, 그 전당포는 정말로 하나뿐이었다. 그렇게 생긴 곳은 그곳 말고는 없었다. 유리창에는 무엇이든 '빌려드립니다'였는지 '맡아드립니다'였는지, 두 글자 정도 되어 보이는 스티커가 낡고 헤져 어떤 글자인지 알아볼 수도 없게 '무엇이든 드립니다'라는 문구가 적혀 있었다. 간판에도 '어서오십시오'라고 적힌 빨간 발판에도 우산꽂이에도, 그것들을 세상에서 유일한 것으로 만들어주는 세월의 흔적들이 묻어 있었다. 그 아래엔 덩치 큰 강아지 한 마리가 늘어져 잠들어 있다.

문을 열고 들어가서 주변을 둘러보자, 지금 서 있는 곳이 현재인지 몇십 년 전인지가 헷갈려질 정도로 곳곳에 오래된 것들이 가득했다. 진열장 안에는 낡은 카메라들을 비롯한 전자제품들, 고풍스러운 손목시계, 조금은 침침하게 빛나는 오래된 장신구들이 가지런히 정리되어 있다. 한 구석에 용도를 알 수 없는 일회용 안대들이 수북하게 쌓여 있는 것이 약간 이질감이 들지만, 그것만 제외한다면 누구라도 전당포라는 곳을 떠올리면 머릿속에 그려낼 만한 전형적인 모양새를 하고 있었다.

정면 건너편, 쇠창살과 투명 아크릴판 너머에 한 남자가 앉아 있다. 나이를 제대로 가늠할 수는 없지만 평범한 인상의 남자다. 남자는 놀라울 정도로 특징이 없는 얼굴을 하고 있었는데, 표정마저도 무슨 생각을 하고 있는지를 알아볼 수 없는 표정을 짓고 있었다.

그 전당포는 정말로 하나뿐이었지만, 정말로 여러 곳에서, 도심과 외진 마을과 어느 섬에서 따로 목격됐다. 가게에 발이나 바퀴가 달린 것도 아니었지만 과학적으로 설명할 수도 없는 일이었다.

다만 그토록 신비로운 전당포가 크게 화제가 되지 않았던 건 사실 그곳은 아무나 발견하고 문을 열고 들어갈 수는 없는 곳이기 때문이었다. 돈이 너무나도 급한 사람들이 자신이 지닌 것을 맡기는 곳이 전당포인 것처럼, 그 전당포 역시 무언가가 간절한 사람들의 눈에만 보였다. 바로 누군가와의 재회가 절실한 사람들, 소중한 것을 포기하면서까지 누군가를 다시 만나려는 사람들 말이다.

어쩌다 사이가 멀어졌거나 연락이 끊긴 지 오래됐거

나 그것도 아니면 세상을 떠나버렸거나. 우리는 각각의 이유로 누군가를 떠나보내고 그리워한다. 그리고 '다시 만날 수 있다면 이런 것까지도 포기할 수 있어'라고 혼잣 말하며 눈물을 흘리기도 한다.

만약 그리운 누군가를 다시 만날 수만 있다면 우리는 무엇을 포기할 수 있을까?

이것은 소중한 무언가를 포기하는 사람들에게 그 사 람들이 간절하게 원하던 것을 건네주는, 허름하지만 특 별한 어느 전당포 이야기다.

# 목차

프롤로그 · 04

1장  세 사람의 저녁 · 11

2장  영원한 꿈 · 73

3장  천사들의 어머니 · 133

4장  해 걸린 소나무 · 187

5장  당신 없는 나는 · 235

에필로그  그 남자 이야기 · 282

**일러두기** 저자 고유의 글맛을 살리기 위해
표기와 맞춤법은 저자의 스타일을 따릅니다.

1장

세 사람의 저녁

그날도 철훈은 평소와 같이 회사에서 업무를 보고 있었다. 오후 네 시, 퇴근 시간은 조금 남았지만 반복된 회의와 외근으로 이미 몸은 천근만근이었다. 오늘은 퇴근하자마자 집에 가서 아무것도 안 하고 잠만 자야겠다고 다짐하고 있을 때쯤, 바지 주머니에 넣어두었던 핸드폰이 부르르 떠는 것이 느껴졌다. 핸드폰을 꺼내 화면을 켜니 거기엔 '우리 딸'이 보내온 문자 메시지가 도착해 있었다.

"아빠 사랑해! 말한다고 생각만 했지 말 못 하고 있었다."

철훈은 투박했던 얼굴을 잔뜩 누그러뜨리며 미소 지었다. 옆자리에 있던 후배가 무슨 일이냐고 물어왔고 그는 아니라고 대답했다. 그저 '나도 사랑한다.'라고 답장을 보냈다. 그리고 한 마디를 더 덧붙였다.

'용돈 필요해? ㅎㅎ'

내심 기분은 좋았지만 그렇다고 해서 나도 사랑한다는 답장 한 통만 보내기에는 영 부끄러운 부분이 있었다. 생각해 보면 딸로부터 애교 섞인 이야기를 마지막으로 들은 지도 꽤 오래였으니까.

채은은 철훈과 유선이 결혼 생활 10년 만에 얻은 소중한 딸이었다. 서로를 사랑했고 두 사람 모두 아이를 갖길 원했지만, 처음 몇 년은 사정이 여유롭지 않아서, 나중에는 좀처럼 아이가 와주지 않아서 꽤 난항을 겪었다. 안 그래도 유선은 체질적으로 임신이 어려운 몸이었고 나이가 들수록 임신 확률은 낮아져만 갔다.

그때 기적처럼 와준 채은이었다. 노산이었기에 여러 모로 걱정했지만 채은은 아주 건강하게 자라주었다. 여느 딸이 그렇듯 초등학교에 입학할 무렵에는 가수가 되기를 꿈꿨고 나이를 한두 살 먹을수록 예뻐지는 일에 관심을 쏟기 시작했다.

그렇게 중학생이 되면서 채은은 또래 친구들과 마찬가지로 사춘기를 겪기 시작했다. 방에서 나와 부모와 함께 시간을 보내는 날이 점점 줄어들었으며, 누구와 어떤 일이 있었던 건지는 알 수 없어도 전화기를 들여다보는 날, 누군가와 오랫동안 통화하는 날이 늘어만 갔다. 그렇다고 착한 딸인 것에는 변함이 없어서 많이 엇나가는 일이 없이 그저 조금씩 투덜댈 뿐이었다.

그렇게 점점 거리를 두기 시작했던 딸이 먼저 사랑한다고 말하는 메시지를 보내왔으니 기분이 좋지 않을 리가 없었다. 정말로 용돈 때문이었다고 하더라도 이런 영악함이라면 몇 번이고 속아줘도 좋겠다고 생각했다. 아빠 사랑해라니. 사랑한다니.

정말. 아빠 사랑해라니. 문득 유선에게도 자랑하고 싶다는 생각이 들었다. 채은이 '아빠'를 사랑한다고 보내온 건 엄마한테는 안 보냈을지도 모르겠다는 고약한 우월감이 스쳤기 때문이다. 철훈은 조금 전에 주머니에 꽂아 넣었던 핸드폰을 도로 꺼내 유선에게 메시지를 보냈다. 조금 전에 채은이가 뭐라고 보냈게? 아빠 사랑해라고 보냈다?

유선은 금방 그의 메시지를 확인했다. 그리곤 답장을 보내왔다.

'그래? 조금 전에 나한테도 그렇게 보냈는데.'

별안간에 스치는 어떤 미묘한 감각, 유선에게 전화를 걸어야 한다는 어떤 감각. 그러나 유선이 빨랐다. 그녀가 먼저 철훈에게 전화를 걸어온 것이었다. 철훈은 전화를 받고는 응, 이라고 간결하게 대답했다. 유선의 목소리가 들려왔다.

"뭔가 일이 있는 것 같지?"

"응, 그렇네. 내가 전화해 볼까?"

"아니야, 내가 전화해 볼게. 오늘 채은이 학원 안 가는 날인가? 채은이 친구 번호 알아?"

"문정이 번호만 알아. 맨날 같이 다니니까. 그럼 나는 문정이한테 걸어볼게."

마치 팀플레이 스포츠라도 하듯 철훈과 유선은 짧고 빠르게 말을 주고받고는 전화를 끊었다.

어딘가 이상했다. 아빠와 엄마에게 동시에 사랑한다는 메시지를 보내오다니. 이유를 알 수 없는 불안감이 엄습해 왔다. 철훈은 얼른 채은의 친구인 문정이에게 전화를 걸었다. 그냥 어디에서 가족애를 자극하는 동영상 같은 걸 봤는데 갑자기 마음에 어떤 바람 같은 게 불어서 보내지도 않던 메시지를 보낸 거라면 좋겠는데. 수신음이 두어 번 울리고 문정이 전화를 받았다.

"여보세요?"

"문정이니? 채은이 아빠야. 혹시 채은이랑 같이 있니?"

"안녕하세요 아저씨. 근데 오늘 저랑 채은이 같이 없는데요. 저 말고 반 친구들이랑 노래방 가기로 한 날이라서요. 저 노래방 근처인데 혹시 연락 안 되시면 제가 봐드려요?"

마침 손에 짧은 진동이 스친다. 귀에서 핸드폰을 떼어 들여다보니 유선이 보내온 '전화를 안 받아'라는 메시지가 잠깐 시야에 들어왔다가 멀어졌다. 철훈은 다시 핸드폰에 귀를 가져다 댔다.

"문정아. 그래 주면 정말 고맙겠는데?"

알겠어요, 라고 대답하는 수화기 건너편이 어째선지

조금 어수선했다.

"어?"

"왜, 문정아? 채은이가 보여?"

"아니요? 그건 아닌데 저 앞에 불났나 본데요? 연기가 엄청 많이 나요."

철훈은 그제야 그 어수선함의 정체를 알 것 같았다. 어딘가에 불이 났고 사람들은 웅성거린다. 아주 멀리에서 희미하게 탄생한 사이렌 소리는 점점 가까워져 온다.

●

어느 오래된 상가 지하에 있었던 노래방에서 화재가 발생했고 하필 그 노래방은 불법 증축으로 칸을 늘리고 노후된 가구들을 사용했기에 불은 삽시간에 사방을 뒤덮었다. 검은 유독가스가 시야를 제한한 탓에 안 그래도 복잡한 구조가 더더욱 눈에 들어오지 않았다. 그리고 철훈의 딸, 채은은 하필 그 복잡한 미로의 가장 안쪽에 있었다.

그날의 참극은 많은 사람의 인생을 바꿔놓았다. 세 명의 중학생과 한 명의 중년 남성이 세상을 떠났으며 그 수의 곱절이 넘는 유가족이 탄생했다. 철훈과 유선도 그들에 속해 있었다. 채은과 그녀의 친구들은 머물렀던 것으로 추정되는 끝방으로부터 채 5미터도 떨어지지 않은 곳에서 뒤엉켜 쓰러진 채로 발견됐다. 현장 검식 결과 방화 혐의점은 없었으며 노후된 배선에 의한 합선이 불의 원인이었다. 그야말로 누구를 탓해야 하는 건지도 분명하지 않은 죽음.

철훈과 유선은 모든 것을 빼앗긴 사람이었다. 십 년 동안 기다려왔던 아이를 만나 다시 십수 년을 함께하는 동안 행복하지 않았던 적이 없었다. 그리고 아이와의 행복했던 나날이 하루아침에 어떤 예고도 없이 뜯겨져 나간 것이었다. 나는 당신을 사랑한다고 말하는 메시지만 남기고서 말이다.

철훈도 유선도 며칠을 집에서만 보냈다. 그동안 둘 사이에서 오가는 말은 밥 먹으라는 말과 잘 자라는 말, 무엇에 관한 것인지는 모르겠지만 괜찮다는 말, 괜찮아질 거라는 말 몇 번이 전부였다. 직장으로부터 위로차 받은 휴가가 전부 지나가고 출근을 재개하고 나서도 달라지는 건 없었다. 그곳의 모두는 그들에게 나름의 애도의 말을 건네고 이런저런 말들을 했다. 어쩌면 애써 괜찮은 분위기를 만들어보려 전보다도 더 과장된 표정과 말투를 보여주는 것 같기도 했다. 하지만 그들에게는 어떤 말도 마음에 닿지 않았다.

철훈이 서 있다. 그는 연신 고개를 갸웃거리고 있다. 그리고 생각한다.

'이상하다. 여기에 이런 게 있었나?'

그가 보고 있는 것은 어느 상가 건물이었다. 그곳은 철훈이 오랫동안 살고 있었던 아파트에 있는 흔한 상가였지만, 철훈은 그곳으로부터 전에는 없었던 낯선 느낌을 받고 있었다.

상가 1층에 있는 어느 전당포 때문이었다. 간판으로 보나 유리창에 위태롭게 달라붙어 있는 시트지로 보나 제법 오래된 것 같은데, 나는 그동안 왜 단 한 번도 여기를 본 적이 없는가. 아닌데. 마트를 오가거나 약국을 찾을 때도 분명 한 번은 스쳤을 텐데. 이렇게 오래된 전당포를 내가 못 봤을 리가 없는데.

단순히 유리창에 붙은 필름지 때문이었는지 아니면 안에서 불을 꺼둔 건지. 대충 들여다봤을 때는 그 안으로부터 어떤 기척도 느껴지지 않았다. 사람이 없나? 폐업한 곳인가? 그렇다면 문 앞에 개 한 마리가 이렇게 보란 듯이 자고 있는 게 말이 안 됐다. 개는 평소에 잘 먹고 잘

자는지 살이 포동포동 올라와 있었다.

그런데 나는 왜 이렇게 이곳에 흥미를 보이고 있는
가? 그저 지극히 익숙했던 곳에 지극히 낯선 게 있는 게
신기해서? 또 하필이면 그게 요즘 좀처럼 볼 수 없는 전
당포라서?

전당포를 조금 더 천천히 뜯어본다. '시간을 잇는 전
당포'라고 적혀 있는 간판. 왜 전당포에서 시간을 잇는
건지는 알 수 없다. 무엇이든 ' '드립니다, 라고 적힌 시
트지 스티커의 저 널찍한 빈칸에는 뭐라고 적혀 있었던
걸까. 빌려드립니다. 맡아드립니다….

그런데 그게 이상하게 그에게는 강렬하게 날아와 꽂
히는 거였다. 무슨 말이라도 들어줄 것 같고 원하는 게
무엇이든 줄 것만 같은 거였다.

철훈은 홀리듯 전당포의 미닫이문을 열고 들어간다.
남는 게 시간이었다. 그리고 무엇보다도 그게 누가 되고

무엇이 됐든 이 간절함과 비통함을 알아줬으면 했다. 다만 조금 낯설었던 것은, 그가 처음 보는 낯선 곳의 문을 덜컥 열고 들어갈 만큼 대범한 사람은 아니었다는 점이다. 그러니까 정말 홀리기라도 한 것 같다고.

"안녕하세요?"

기계적으로 말을 뱉고 주변을 둘러본다. 중년에 접어든 지도 오래되었지만, 전당포를 제대로 둘러보는 것은 처음이었다. 양옆을 살펴보고 나서야 시선은 앞으로 향했고, 거기엔 어떤 미동도 소리도 없이 한 남자가 앉아 있었다. 아무도 없다고 착각될 정도로 조용했기에, 철훈은 그를 보고 자기도 모르게 깜짝 놀라 작게 비명을 질렀다. 앉아 있던 남자는 그와 눈이 마주치고 나서야 조용히 눈웃음을 지으며 고개를 숙였다.

"네, 안녕하세요."

네, 안녕하세요라니. 그건 그에게만큼은 꽤 그리운 반

응이었다. 못해도 몇 달은 보지 못했던 온화한 미소였기 때문이다.

딸의 죽음 이후, 철훈이 거울을 통해 보는 모습은 언제나 보통의 사람이라고 볼 수 없는 모습이었다. 퀭한 눈가와 텅 비어 있는 눈동자. 푹 팬 뺨. 누가 보기에도 말이 아닌 몰골이었다. 그와 마주치는 사람들은 흠칫 놀라며 눈 마주치기를 피하기에 바빴고, 엘리베이터의 문이 열렸을 때 그곳에 발을 들이지 않는 어린아이들도 몇 명은 되었다. 하지만 그 전당포 주인은 그게 무슨 문제가 되냐는 듯, 따뜻한 미소까지는 아니어도 적어도 그를 평범한 사람으로는 대해주는 것 같았다.

일단 발을 들여놓긴 했는데 어떤 말을 해야 할지를 알 수 없었다. 전당포라면 무언가 값이 나갈 만한 물건들을 가져와 그것을 맡기고 그 가치에 상응하는 액수의 돈을 빌려 가는 곳일 텐데, 정작 그는 돈이 엄청나게 궁한 것도 아니었으며 맡길 만한 무언가를 가져오지도 않았기 때문이다. 아무래도 잠깐 뭐에 홀린 거였겠지. 죄송하다고 말씀드리고 나가야겠다. 그는 그렇게 생각하며 뒷걸음질 쳤다.

"많이 힘들어 보이시네요."

돈과 물건을 주고받는 쇠창살 너머에 앉아 있던 남자가 나지막이 말했다. 그를 들은 철훈이 되묻는다.

"네? 아니요. 그렇게 돈이 궁해서 온 건 아니라서요."

"돈 말고요. 힘든 일이 있으신 것 같아서요. 돈 안 빌려가셔도 좋으니 여기 잠깐 앉아 보셔요."

"정말 괜찮은데…."

철훈은 그렇게 대답하면서 얼굴을 일그러뜨리기 시작했다. 당신 말이 맞다고 말하듯, 사실은 정말 힘들었다고 말하듯 눈물을 뚝뚝 흘리기 시작했다. 일그러진 얼굴 위로 아무렇게 뻗쳐 푸석푸석해진 머리카락은 초라해 보이기만 하다가 어느새 슬프게 보이기 시작했다. 그는 그렇게 천천히 카운터 쪽으로 걸어와 앉았다. 미동도 없이 앉아 있던 건너편의 남자는 철훈에게 시선을 고정한 채로 오른손을 옆으로 뻗어 능숙하게 휴지 몇 장을 뽑아 아크릴판 칸막이 너머로 내밀었다. 그리곤 계속 말해도 괜찮다고 말했다. 고개를 끄덕이니 건너편에서도 마찬가지로 고개를 끄덕였다.

"사실은 제가 얼마 전에 가족을 잃었거든요."

"가족을요?"

"네. 딸을 잃었어요. 열다섯 살이었는데. 이제는 없어요. 그래서 한번 들어와 보고 싶었나 봐요. 누구라도 내 이야기를 들어줬으면 해서요. 웃기죠."

"전혀 그렇지 않습니다. 다들 그러시니까요."

"다들요?"

"아닙니다. 그나저나 괜찮으시다면 계속 이야기를 들어보고 싶은데요. 어쩌다 따님을 잃으신 건지."

"네. 음. 그러니까요."

철훈은 허공에 그림이라도 그리려는 것처럼 눈을 이리저리 굴렸다. 그 눈 안에서는 깊은 슬픔과 행복, 그 시절로 돌아갈 수 없다는 좌절감 같은 게 뒤섞여 소용돌이치고 있었다. 그리곤 그날의 순간과 순간들을 짧게 쪼개어 만화를 그리듯 전당포의 남자에게 설명하기 시작했다. 때때로 감정이 올라와 목소리가 잘 나오지 않기도 했지만, 남자는 인내심 있게 철훈의 이야기를 들어주었다.

"그래서 그렇게 힘들었어요. 누구한테라도 이런 말을 하고 싶었고요. 웃기죠?"

"아니요, 웃기긴요. 그런 사연이 있으셨네요. 그러면 어떻게 됐으면 좋겠어요?"

"네?"

어리둥절한 표정으로 되묻는 철훈에게 남자는 다시금 묻는다.

"어떤 바람이 있냐고요. 이를테면 따님을 다시 만나고 싶다거나."

꽤 다정한 사람이구나. 철훈은 눈물이 핑 도는 느낌을 받으며 다시금 입을 열었다.

"물론 다시 만나고 싶죠. 아, 그리고 아내도요."

"아내분도요?"

"네. 사실 딸이 그렇게 가고 나서 얼마 지나지 않아 아내도 딸을 따라서 갔거든요. 아무래도 슬픔이 너무 컸나 봐요."

유선의 몸 안에서 암 덩어리가 발견된 것은 채은의 죽음 이후 반년도 채 지나지 않았을 때였다. 언제 발병했는지도 알 수 없고 얼마나 더 살 수 있는지도 알 수 없는, 암 중에서도 유별나게 지독하다고 하는 담도암이었다. 딸의 죽음 이후 가끔 입맛이 없어 끼니를 몇 번 걸렀다지만, 마시지도 않던 술을 몇 번 마셨다지만, 그렇다고 이렇게 암에 걸릴 줄은 철훈도 유선도 상상조차 하지 못했다.

"아마도 스트레스 때문이었던 것 같아."

유선이 웃는 건지 우는 건지 모를 표정으로 철훈을 바라보며 말했다. 암 병동에서 진찰을 마치고 나와 환자와 보호자가 우는 모습은 의학 드라마에서나 볼 수 있는 장면일 줄로만 알았는데, 그게 자신들의 이야기가 될지는 몰랐다.

"괜찮아, 내가 지켜줄 거야. 나을 수 있을 거야."

철훈이 애써 유선의 어깨를 감싸 안으며 말했다. 유선

의 표정이 일순간 우는 쪽으로 더 많이 기울고 이내 그녀의 어깨가 들썩거리기 시작했다. 철훈도 사실은 끔찍한 슬픔에 휩싸여 당장이라도 울 것 같았지만 자신마저 울어버리면 유선이 너무도 커다란 외로움과 슬픔의 한가운데에 빠져버릴까 걱정됐다.

의사는 유선의 암이 너무 늦게 발견됐다고 말했다. 이 암이 보통 그렇다고 했다. 별다른 징후도 없이 세력을 키우다가 약간의 통증과 무력감이 겉으로 드러날 때쯤엔 이미 손을 댈 수 없을 정도로 진행되어 있는 경우가 많다고. 그래서 이런 경우엔 기대 수명이 5개월 남짓이라고.

다섯 달 동안, 철훈은 일도 그만두고 열과 성을 다해 유선을 보살폈다. 유선은 자신의 삶을 전부 팽개치고 자신에게만 몰두하고 있는 철훈을 보며 연신 미안하다는 말만 했다. 어떤 날에는 그냥 빨리 가버리고 싶다고 말했고 어떤 날에는 딸인 채은이 보고 싶다고 말했다. 철훈은 그럴 때마다 무력감을 느꼈다. 나의 마음이 아무리 간절하고 내가 어떤 노력을 한다고 해도 통하지 않는 일이 있구나 하는 무력감. 딸은 떠났지만 그래도 아내가 있어 숨이라도 쉴 수 있었는데 아내마저 떠나버리면 나는 어디에 마음을 붙이고 살아야 하는 걸까 하는 무력감.

유선이 자신의 죽음을 직감했던 그날, 그녀는 철훈에게 잘 나오지도 않는 목소리로 마지막 말을 전했다. 내가 당신을 걱정해 줄 테니 당신은 채은이의 행복만을 기도하라는 말이었다. 유선은 그 한마디를 마지막으로 깊은 잠에 빠졌다.

철훈이 할 수 있는 일은 이제 우는 일뿐이었다. 더는 열정적으로 무언가를 생각할 수도 없었고 행동할 수도 없었다. 옷도 가구도 집의 너비도 다 그대로지만 두 사람만 홀연히 사라진 집에서 철훈은 낮이고 밤이고 울기만 했다. 생활하는 공간의 곳곳에 기억의 씨앗이 묻어 있는 것은 잔혹한 일이라고 생각했다. 발걸음만 옮겨도 딸과 아내의 흔적이 눈에 들어왔고 숨만 쉬어도 한숨이 섞여 나왔다. 해가 지고 밤이 찾아오면 잠에 들어야 했는데 잘 자라는 말을 건넬 사람이 아무도 없어서 뜬눈으로 밤을 지나 보내는 날이 많았다.

그런 날들이 반복되면서 철훈은 점점 사람으로서의
생기를 잃어갈 수밖에 없었다. 엘리베이터에서든 아파트
단지 안에서든 철훈을 마주하는 사람들은 흠칫 놀라며
얼른 눈을 피하던 것은 당연했을지도 모른다. 수염은 덥
수룩했으며 눈가는 무시무시할 정도로 퀭해져 있었다.

'안녕하세요?'

진심을 담은 인사이든 아니든, 그토록 산뜻한 미소와
함께 건네오는 인사를 먼저 들은 것은 오랜만이었다. 그
래서 마음이 무너진 거였다. 전당포라는 어쩔 수 없이 싸
늘함과 매정함이 맴돌 수밖에 없는 공간에서 오히려 마
음이 녹아버리고 만 거였다. 하지만 아내의 죽음에 관해
서 전부 털어놓고 난 뒤에 전당포의 그 남자로부터 돌아
온 대답은 예상했던 느낌의 것이 아니었다. 애도도 공감
도 아니었다.

"그건 안 돼요. 한 명만 만날 수 있습니다."

지금 무슨 말을 하는 거지? 보통은 세상을 떠난 가족들이 모두 보고 싶어요, 라고 말하면, 그러시겠어요, 라고 하지 않나? 그런데 그건 안 된다니? 한 명만 만날 수 있다니?

"그게 무슨 말이죠?"

"말씀 그대로입니다. 제가 다시 만날 수 있게 도와드리는 건 한 명뿐이라는 말씀."

"제가 누구와 무슨 이야기를 하고 있는 건지 모르겠네요."

그러고 보면 이상한 게 한두 가지가 아니었다. 이곳에서 지내는 몇 년 동안 한 번을 보지 못했던 전당포가 오늘 마침 눈에 들어온 것도 이상했고 돈도 필요 없으면서 홀리듯 문을 열고 들어온 것도 이상했다. 애초에 비교적

신식의 아파트들이 둘러싸고 있는 상가동에 난데없이 전당포가 눌러앉아 있는 것 자체가 이상했다. 내가 귀신에 홀리고 있기라도 한 건가.

"그러니까 제가 둘 중에 한 명, 딸이나 아내를 보고 싶다고 말하면 다시 만나게 해줄 수 있다, 이건가요? 정말인가요?"

철창 안쪽의 남자는 조금의 동요도 없이 고개를 끄덕인다.

"정말이지요. 조금 더 자세한 설명을 들어보시겠어요?"

이 남자가 문제인지 아니면 내가 문제인지는 모르겠지만 확실히 한쪽은 제정신은 아니군. 철훈은 피곤하다는 듯 한숨을 내쉬곤 될 대로 되라는 마음에 고개를 끄덕였다. 남자는 철훈이 고개를 끄덕이기가 무섭게 자리에서 일어나더니 앉아 있던 곳보다 훨씬 더 깊은 곳까지 걸어 들어가 그곳의 서랍을 열어 무언가를 찾기 시작했다.

그나저나 이 건물이 이렇게까지 깊었나? 서랍을 뒤지고 있는 남자의 몸이 엄지손가락만큼 작게 보이고 있었다. 남자는 드디어 원하던 것을 찾았는지 고개를 숙이곤 조그마한 무언가를 주머니에 넣고는 다시 천천히 철훈이 앉아 있는 쪽으로 다가왔다. 전당포가 안쪽으로 굉장히 깊은 모양새인 것은 기분 탓이 아니었는지 남자는 한참을 걸어서야 철훈의 앞으로 돌아올 수 있었다.

"바로 이겁니다."

남자가 내민 것은 일회용 라이터보다도 작은 투명 케이스였다. 안에는 알약으로 보이는 물건 하나가 비추어져 보이고 있었다.

"이게 뭔가요? 알약?"

"네. 알약입니다. 간절히 보고 싶었던 것을 보게 해주는."

"저보고 이 수상한 알약을 먹으라는 거지요? 오늘 처음

본 사람이 건네는 걸?"

"네. 믿으셔도 좋습니다."

"믿으라고 해서 믿어지는 게 아니긴 한데요."

"댁에 가셔서."

남자는 철훈의 말을 단호하게 끊어내며 말을 이어갔다.

"댁에 가셔서 드시는 겁니다. 집에 가셔서 드시는 것
이니 제가 나쁜 짓을 할 일도 없을 거고요. 드시고 가장
편한 자세로 낮잠을 주무시면 끝입니다. 그러면 꿈속에
서 원하는 사람을 30분 동안 만나실 수 있습니다. 별다른
문제는 생기지 않습니다만, 혹 문제가 생기더라도 제가
책임지겠습니다."

철훈은 묘한 힘을 지니고 있는 남자의 눈빛과 말투에
넋을 잃고 있다가 문득 궁금해져 물었다.

"아무 대가도 없이요? 공짜라고요?"

"설마요."

"그럼 뭐를 대가로 지불해야 하죠? 돈인가요? 돈이라면 얼마?"

"사람에 따라서는 돈일 수도 있겠지만, 꼭 돈이어야만 하는 건 아니고요, 그냥 소중한 무언가면 됩니다. 지금 나에게 가장 소중하다고 여겨지는 것 하나를 대가로 지불하시면 돼요. 거짓말로 얘기해서는 안 됩니다. 정말 가장 소중한 것을 내놓지 않으면 약은 효과가 없습니다."

남자는 짐짓 엄숙한 표정을 짓더니, 얼굴을 철훈 쪽으로 가까이 가져가 말을 이어갔다.

"지금껏 살아오면서, 또는 요즘 가장 소중하다고 생각되는 물건을 제게 주시면 됩니다. 그러면 30분 동안 가장 보고 싶은 사람과 만날 수 있는 거예요. 물론, 제게 지불하신 물건을 고객님께선 영원히 잃게 되는 거고요."

그의 말을 들은 철훈의 표정이 짐짓 엄숙해졌다. 미간의 주름이 실시간으로 깊어지는 것이 눈에 보였다. 남자는 그의 고뇌를 다 이해한다는 듯이 말을 덧붙인다.

"당연히 조금은 속이 쓰리겠지만, 보고 싶은 사람을 다시 만날 수 있다는 걸 생각하면 꽤 괜찮은 거래 아니겠어요?"

남자의 그 말은 사뭇 무섭게 다가왔지만 철훈에게는 아내와 딸을 만나고 싶다는 마음이 더 간절했다. 지금 나한테 남은 것 중에 가장 소중한 건 뭘까. 유선과 채은을 만날 수 있다면 나는 어떤 것을 기꺼이 포기할 수 있는가. 유선과 채은을 만날 수 있다면. 유선과 채은. 유선과 채은….

아무리 생각해 봐도 유선과 채은 말고는 생각나지 않았다. 하지만 그들은 이미 그의 것이 아니었다. 두 사람 모두 생의 저 건너편으로 떠나간 지 오래였다. 그렇다면 무엇이 남아 있는가. 자동차? 집? 그건 이미 철훈의 것이 된 지 오래였기에 낡아가고 있었으며 그에게 그다지 소중하게 여겨지지도 않았다. 한때 열과 성을 다해 수집했던 음반도 손을 뗀 지 오래였다. 그렇게 좋아하는 곡들도 마음이 지옥일 때 들으니 조금도 좋게 들려오지 않았다.

다시 집에 있는 것들을 생각한다. 주방용품부터 시작해서 운동기구에 이르기까지 수많은 물건들이 스쳐 가기 시작한다. 어느 서랍에는 그래도 값이 조금은 나가는 예물도 있을 것이며 언젠가 누군가로부터 선물 받은 귀중품도 있을 것이었지만 그게 또 나에게 '가장' 소중하냐 묻는다면 흔쾌히 대답하지 못할 것이었다. 그러다 문득 떠오른 물건 하나. 그건 붉은 천으로 뒤덮인 앨범이었다.

그건 철훈의 집에 단 하나뿐인 사진 앨범이었다.

철훈의 가족은 다른 가족들에 비해 추억이 많지 않았

다. 채은이 오기 전 오랫동안 부부로만 있을 때부터 그랬
다. 경제적으로 상황이 좋지 않아 그 흔한 제주도 한 번
을 가지 못했고 예쁘게 차려입고 주말 나들이를 나간 적
도 별로 없었다. 혹 기분 전환을 위해 나간다고 하더라도
그 순간을 사진으로 남기겠다는 생각은 좀처럼 하지 못
했다. 그저 그 순간이 지나간 뒤에야 사진으로 좀 남겨둘
걸 그랬나, 라고 짧고도 작은 후회만 할 뿐이었다. 순간을
기록하는 일이 습관으로 잡히지 않은 사람들의 일상은
늘 그런 식이었다.

하지만 채은이 세상에 태어난 뒤로는 조금이라도 사
진을 찍어두려 애쓰기 시작했다. 아내인 유선이 어느 날
밖에서 앨범을 구해서 들어온 것도 그 무렵이었다. 우리
야 그렇다 치더라도 채은의 시간만큼은 틈틈이 기록해
두자는 말과 함께였다.

채은의 돌 사진, 유치원 입학식, 재롱잔치, 초등학교
입학, 어느 생일, 소풍 나간 날 등, 딸의 순간순간을 기록
하고 저장해 두면서, 부부는 동시에 그들의 사진도 그 앨

범에 많이 채워넣기 시작했다. 특히 유선의 사진이 철훈의 사진보다 더 많았다. 철훈이 유선의 모습을 카메라에 담으며 '맞아. 이 사람, 이만큼이나 예쁜 사람이었지.'라고 새삼스럽게 깨달았기 때문이다.

가족의 거의 모든 순간을 담아둔 카메라를 잃어버렸을 때 그 사건은 그저 작은 해프닝에 불과했다. 카메라야 새것을 사면 되는 일이었고 찍어뒀던 사진은 이미 인화해서 앨범에 꽂아두었으니 문제가 되지 않았으니까.

하지만 지금 이 순간, 철훈에게 그 앨범은 무엇보다도 소중하면서도 아까운 무언가가 되어 있었다. 딸과 아내의 모습이 가득한 그 앨범을 대가로 지불하고 나면 딸 또는 아내, 둘 중 한 명을 잠시라도 다시 볼 수 있게 되지만 앨범을 다시 되찾을 수는 없다. 과연 이게 괜찮은 거래일까. 만약 아내를 다시 만나러 간다면 딸의 사진은 얼마나 그리운 존재로 남을 것이며 반대로 딸을 다시 만난다면 유선의 얼굴은 어떻게 추억할 수 있을 것인가.

하지만 잠깐이어도 좋고 둘 중 누구라도 좋으니 일단
은 만나고 싶었다. 그래야만 내가 그만 무너질 수 있고
하루라도 더 살 수 있을 것 같았다. 철훈이 부들거리는
입술을 간신히 떼어 남자에게 물었다.

"…혹시 단 한 권뿐인 가족 앨범을 대가로 넘겨도 될
까요?"

"물론입니다. 그 앨범이 정말로 소중하다면요. 그렇게
하시겠습니까?"

"네."

철훈은 입술을 굳게 다물고 결의에 찬 눈빛으로 고개
를 끄덕였다. 남자는 철훈을 따라서 고개를 끄덕이고는,
질긴 무명천으로 만든 큼지막한 가방 하나를 철훈에게
건넸다. 그곳에 앨범을 담아서 가져오라는 뜻인 것 같았
다. 진짜구나. 이 남자는 아까부터 조금의 장난도 농담도
없이 나와 진지한 거래를 하고 있었던 거구나. 철훈은

어안이 벙벙하여 잠깐만 기다리라고 말하고는 전당포를 나섰다. 그리곤 뒤를 돌아보았다. 내가 정말로 꿈을 꾸고 있는 것은 아닐까 하는 생각에서였다. 하지만 전당포는 그대로 있었다. 잠들어 있던 개는 여전히 잠을 자고 있었다.

상가로부터 아파트까지는 아무리 천천히 걸어도 오 분이면 닿는 거리였는데 집으로 돌아가는 길이 유난히 멀었다. 손에 꽉 쥔 천 가방에 땀이 스미는 것이 느껴졌다. 잠시 후면 인생의 전반이 흔들릴 만큼 거대한 상실을 경험하게 될 것이었다. 그토록 커다랗고도 많은 추억이 빠져나가고 난 뒤에 나는 어떻게 되는 걸까. 그만큼이나 커다란 대가를 지불하고 만나는 건데 나는 어떤 마음으로 그 만남에 임해야 하고 두 사람 중 누구를 선택해야 하는 걸까.

집에 도착한 철훈은 지독하리만치 고요한 거실을 성큼성큼 가로질러 침실로 들어갔다. 서랍을 열어 빨간 앨범을 움켜쥐곤 그대로 들어온 길을 거슬러 집을 나섰다.

조금이라도 주저하면 마음이 약해질 것 같아서였다. 다시 전당포로 향하는 짧은 길에 추억이 스친다. 앨범 가장 첫 장에 사진을 넣으며 온 가족이 웃었던 순간부터 유선이 유독 좋아하던 결혼기념일 사진, 채은의 첫 학예회까지 앨범 안에 기록된 추억이 전부 주마등처럼 스쳐 지나간다. 그렇게 다시 도착한 전당포. 전당포의 그 남자는 조금의 달라진 모습도 없이 그 자리에 그대로 앉아 있었다. 철훈이 앨범을 천 가방에 넣어 그에게 건넸다. 남자는 그것을 소중하게 받아들고는, 다시 일어나 저 안쪽까지 걸어가 그것을 어느 철제 캐비닛 안에 넣어두곤 돌아왔다. 그리곤 앞에서 보여준 알약이 든 케이스를 철훈에게 건넸다.

"그러면 이제 집으로 가서 이 약을 먹고 낮잠을 자면 된다는 거죠. 그러면 만날 수 있다는 거죠?"

"물론입니다. 단, 주의 사항이 있어요."

"주의 사항이요?"

"네. 가장 먼저는 조금 전에 말씀드렸던 것처럼 두 사람 모두가 아닌 한 사람만 만날 수 있다는 점입니다. 약을 삼키면서 생각한 사람만을 만날 수 있습니다."

맞다, 그랬지. 철훈이 마음속으로 짧게 탄식했다.

"다음으로는 제한 시간입니다. 꿈속에서의 면회 시간은 정확히 삼십 분으로 제한됩니다. 만약 삼십 분 내에 잠에서 깨어나기를 포기한다면, 당신은 그 꿈 안에서 평생을 지내야만 합니다. 꿈 바깥의 육신은 아주 천천히 생체 기능을 잃어가고 어떤 사인도 명확하지 않은 죽음을 맞게 됩니다."

"그건 조금 무섭네요."

"그러니까요. 그러니까 꼭 시간을 엄수하시는 게 좋습니다. 꿈에서는 이제 그만 깨겠다고 생각하는 것만으로도 나올 수 있으니 너무 걱정은 마시고요."

"네, 알겠습니다."

그건 철훈 나름의 농담이었지만, 남자는 웃지 않았다. 그저 알약이 든 케이스를 철훈의 손바닥 위에 올려둘 뿐이었다.

내가 꿈을 꾸고 있는 걸까. 어쩌면 나는 이미 꿈속에 있는 게 아닐까. 약을 받아 들고 나온 철훈은 믿기지 않는 상황 때문에 몇 번이고 뒤를 돌아보았다. 하지만 전당포는 사라져 버리는 일이 없이 계속 그곳에 있었다. 더구나 추억 가득한 앨범을 건네고 그 대가로 수상한 알약을 손에 넣었다는 사실은 피부를 통해 소름 끼치도록 명확히 와닿고 있었다. 앞으로는 사진으로라도 사랑하는 가족을 만날 수 없으리라는 사실이 내심 괴롭기도 했고 벌써부터 허하게 다가왔지만 유선과 채은, 아니, 유선 혹은 채은을 만날 수 있다는 묘한 기대가 이내 그를 휘감았다. 철훈은 어느 때보다도 힘찬 발걸음으로 집으로 향했다. 1층 현관에서는 어느 어린아이와 마주쳤지만 어린아이는 그를 보고 도망가지도 엘리베이터를 보내지도 않았다.

문을 열고 들어온 집에는 여전히 슬픔의 흔적이 가득
했다. 곳곳에 유선과 채은의 물건이 널브러져 있었다. 채
은이 중학교에 입학하는 기념으로 맞춘 지 채 며칠이 되
지 않은 교복을 입고 찍은 가족사진에선 모두가 웃고 있
었지만, 사진 바깥에선 철훈 혼자만 그들을 바라보며 힘
없이 웃고 있었다.

　"이제 보러 가야지."

　철훈은 물을 떠다 놓고 거실 소파에 아무렇게나 몸을
던졌다. 누구를 보러 가야 할까. 채은은 너무도 갑작스럽
게 그의 곁을 떠났으므로 그 작별이 좀처럼 익숙해지지
않았다. 아니, 예정된 이별이었더라도 감당할 수 없는 슬
픔이었을 것이다. 그토록 기다려온 선물 같은 아이였으
니까. 내 전부를 주어도 아깝지 않은 내 딸이었으니까. 가
능만 하다면 내가 대신 죽어줄 수도 있는 존재였다. 유선
은 그녀가 투병하는 몇 달 동안 마음의 준비를 하긴 했었
지만 채은을 얻기 전에도 10년이 넘는 세월을 함께한 깊
은 의리 같은 것이 있었다. 너무 사랑했기에 평생을 함께

하고 싶다고 약속한 사람이었다. 나보다 훨씬 더 현명하
고 나보다 훨씬 더 멋있는 사람이었다. 내가 언제나 늘
기댈 수 있는 친구 같은 사람이었다. 두 사람 모두가 그
리웠다. 한 명만 만날 수 있고 다른 한 명은 영영 만날 수
없다니.

그때 문득 유선의 마지막 말이 떠올랐다. 자신은 그녀
가 지켜봐 줄 테니, 그 누구보다도 딸의 행복만을 기도해
달라는 말. 만약 그 말대로라면 그리고 정말로 딸의 영혼
이 아직 이 세상에 남아 있다면 그래서 앞으로의 그녀의
행복까지 고려해야 하는 거라면 철훈은 유선이 아닌 채
은을 만나러 가야 했다. 그래서 그때 못다 한 작별 인사
를 건네야만 했다. 그것이 아버지 된 사람의 도리라고 생
각했다.

알약 한 알을 입에 머금고 물 한 모금을 삼켰다. 알약
은 묘하게 차가운 기운을 풍기는 것 같아서, 그것이 식도
를 타고 넘어가는 것이 가만히 있어도 느껴졌다. 철훈은
조금 더 편한 자세로 소파에 몸을 누이고 배 위로 손깍지

를 꼈다. 그러고는 눈을 감고 이렇게 생각했다. 정말 이런 걸로 채은이를 만날 수 있다고? 아무리 생각해도 내가 꿈을 꾸고 있는 게 아닐까?

"아빠?"

돌연 들려오는 익숙하면서도 낯선 목소리. 철훈은 반사적으로 대답한다.

"응?"

"뭐 해? 잠이라도 덜 깬 사람처럼?"

철훈이 주변을 둘러보는데, 그곳은 조금 전까지 철훈이 누워 있던 집 거실이 아니었다. 그곳은 종종 철훈이 채은의 하교 시간에 맞춰 그녀를 데리러 갔을 때 찾았던 동네 카페였다. 그 카페에서 철훈과 채은은 엄마 몰래 먹자며 이만 원짜리 빙수를 사서 먹곤 했었다.

철훈의 앞에는 그때 먹었던 빙수가 있었고 그 너머에는 철훈이 그토록 보고 싶어 했던 채은이 웃으며 앉아 있었다. 철훈은 차오르는 감정을 주체하지 못하고 아이처럼 꺽꺽 소리를 내며 울기 시작했다. 이내 그의 어깨 위로 작은 온기가 느껴졌다. 채은이 그의 어깨 위로 손을 올린 모양이었다.

"아무리 오랜만에 만났어도 그렇지, 아빠가 돼서 그렇게 울고 그래."

"진짜 채은이야? 진짜 우리 딸 맞는 거지?"

채은은 그럼, 이라고 대답하며, 조금은 놀랐다는 말을 꺼내 왔다.

"아빠랑 엄마 너무 보고 싶었는데 정말로 나타날 줄은 몰랐어. 아빠 맞는 거지?"

"그럼, 아빠 맞지 채은아. 아빠 여기 있어."

철훈은 정말 자신이 맞다고 답하며, 너를 너무 보고 싶어 했더니 어떤 신비로운 사람이 소원을 들어줬다고 말했다. 채은이 환하게 웃었다.

"정말? 나도 소원 빌고 싶다. 그런데 엄마는? 엄마는 같이 안 왔어?"

철훈은 채은이 유선의 죽음을 알지 못한다는 것을 눈치채곤 다시 터져 나오려는 울음을 꾹 참고는 대충 둘러댔다. 엄마는 바빠서 못 왔어. 한 명만 올 수 있다고 했는데 아빠한테 양보해 줬어. 그러니까 서운해하지 말라고 전해달라더라. 사랑한다고도.

"솔직히 엄마가 더 좋다고 말한 적이 많았는데, 이제 아빠가 더 좋다고 말해야겠네. 흥이다 정말."

채은의 귀엽게 토라진 얼굴을 보며 철훈은 자신이 정말로 그가 생전에 알고 있었던 채은을 다시 만났다는 사실을 깨달았다. 그러므로 주어진 시간은 많지 않았지만 아주 잠시라도 더, 그녀가 행복해하는 얼굴을 더 지켜보고 싶었다.

두 사람은 전에 자주 그랬던 것처럼 사이좋게 빙수를 나눠 먹었다. 카페에는 두 사람을 제외한 그 누구도 심지어 점원마저도 없었다. 빙수를 먹으면서 부녀지간이었다면 일상에서 쉽게 주고받았을 만한 이야기를 했다. 오래전의 이야기 같은 것들. 요즘 좋아하는 것들에 관한 이야기들.

"우리 여행 갔었던 거 기억나?"

"언제?"

"그 왜, 너 초등학교 6학년 여름방학 때쯤이었나. 다른 애들은 휴가 가는데 왜 우리는 안 가냐며 떼썼었잖아."

"아! 그래서 차 타고 해수욕장 갔었던 거?"

"응. 생각해 보면 아빠도 그때 되게 좋았던 것 같아. 돈 번다고 정신없었는데 오랜만에 바다도 보고. 셋이 물놀이도 하고."

"그때 진짜 재밌었는데. 또 가자."

"다른 집은 해외여행도 가고 했을 텐데. 아빤 그게 좀 미안했는데."

철훈이 별안간에 고개를 푹 숙이니 채은이 웃으며 말을 이어갔다.

"난 되게 좋았는데? 물놀이하고 고기 먹고 졸려서 잠깐 잠들었는데 아빠가 나 들어서 방으로 옮겨줬잖아. 그때 사실 자다가 깼는데 아빠한테 안겨 있는 게 너무 좋아서 계속 자는 척했어."

울음을 간신히 참는 철훈. 다시 무언가가 떠올랐는지 입을 연다.

"그럼 너 그건 기억 못 할걸? 너 갓난아기 때 가장 먼저 한 말이 엄마가 아니라 아빠였다는 거?"

"그걸 내가 어떻게 기억해."

채은이 어이가 없다는 듯이 웃으니 철훈은 신나서 말을 이어갔다.

"진짜야. 다른 집 애들은 처음 하는 말이 엄마였는데 넌 아빠였어. 어떤 상황에서 누구한테 안겨도 울던 애가 나한테만 안기면 뚝 그쳤어. 거짓말 같지?"

"엑. 거짓말."

"거 봐. 안 믿을 거 같았어. 한두 살 나이 먹으면서 나랑 점점 멀어졌으니까."

"그래도 아빠가 그렇다면 그런 거겠지."

그렇게 두 사람의 이야기가 무르익고 빙수가 바닥을 보일 때쯤 철훈은 용기를 내어 한마디 말을 더 꺼내기 시작했다.

"딸, 사실은 할 말이 있어서 온 거야. 용돈도 주고 싶었는데 어쩌다 보니 준비를 못 해왔네."

채은은 생전의 새침했던 반응을 보이는 대신 애정 가득한 눈빛으로 철훈을 바라보며 대답했다.

"뭔데 아빠?"

"그냥 미안해서. 지켜주지 못해서 미안해서. 그때 얼마나 숨 막히고 뜨거웠을까. 아빠 그것도 모르고 딸이 보낸 문자 메시지 보면서 웃기만 해서. 그런데 또 그게 고마워서…."

울지 않겠다고 다짐했지만 그건 처음부터 지킬 수 없는 결심이었다. 하염없이 흘러내리는 눈물을 닦으며 철훈은 몇 번이고 미안하고 고맙다는 말을 반복했다. 채은은 그런 철훈의 어깨를 몇 번이고 두드려주며 미소를 잃지 않았다. 조금 울음이 멎은 철훈이 다시 말을 이어갔다.

"너무 갑자기 헤어지느라 해주지 못한 말이 있어. 아빠랑 엄마가 너를 얼마나 사랑했었는지. 네가 우리에게 어떤 의미였는지를 꼭 한 번은 제대로 말해주고 싶었어. 채은아, 너는 우리에게…."

"다 알아, 아빠."

채은이 철훈의 말을 끊고 대답했다.

"내가 얼마나 아빠랑 엄마한테 소중했었는지 알아. 그래서 나도 조금 더 사랑스러운 딸이 되어줘야 했는데 마지막에는 그러지 못해서 문득 미안하다는 생각이 들더라. 그래서 문자 보낸 거였어. 엄마 아빠가 나를 사랑하는 만큼, 나도 지지 않을 만큼 두 사람을 사랑한다고."

"딸이 이렇게 알아줘서 아빠는 너무 고맙네."

"응, 그리고 당연히 아빠 잘못도 아니었다고 말해주고 싶어. 그건 누구도 막을 수 없는 일이었잖아."

철훈은 고개를 들어 빤히 채은을 바라봤다. 영원히 꼬맹이일 줄 알았는데 언제 이렇게 자라서 이만큼이나 어른스러운 말을 하게 된 건지 놀라울 따름이었다. 채은은 그런 철훈의 속마음을 알아채기라도 한 것처럼, 머리카락을 뒤로 넘기며 몰라볼 정도로 예뻐지지 않았냐고 농담을 건넸다. 철훈은 마찬가지로 웃으며 고개를 끄덕이다가 뒤늦게 무언가가 떠올라 손목시계를 쳐다보았다. 꿈을 꾸기 시작한 지 어느덧 삼십 분이 다 되어가는 것 같았기 때문이다. 채은이 그런 철훈을 보며 다시 말을 건네왔다.

"이제 곧 가봐야 할 시간이지?"

철훈이 고개를 들고 되묻는다.

"응? 어떻게 알아?"

"그냥. 왠지 그럴 거 같아요. 아빠 여기에 있을 사람이 아닌데, 아주 잠깐 어떤 도움을 받아서 왔을 뿐이니까 언제까지고 오래 있을 수는 없을 거 같아. 아쉽다."

"아빠도 너무 아쉽네. 아빠 너무 힘든데 그냥 우리 딸이랑 계속 여기에 있을까? 채은이가 그러자고 해주면 아빠는 그러고 싶은데."

채은이 잠깐 고민하더니 다시 활짝 웃으며 고개를 가로젓는다.

"그건 싫어. 엄마도 있잖아. 나 없다고 너무 슬퍼하면 내가 편하게 못 있을 거 같아. 아빠, 우리 이렇게라도 만났으니까 이제 그만 나가서 잘 지내봐. 내 소원이야."

"진짜? 오늘 이렇게 지나가고 나면 우리 언제 다시 볼지 모르는데?"

"아빠가 이렇게 나 보러 와준 것만으로 충분해. 아무리 오래 뒤에 만나도 나 안 까먹을 거잖아?"

"물론이지, 내가 어떻게 우리 딸 얼굴을 까먹어."

"그러니까 아빠는 가봐야 하는 거야. 알겠지."

철훈이 내심 아쉬운 표정을 지으며 고개를 끄덕이려 하니 별안간에 주변을 둘러싼 벽과 천장이 굉음을 내며 하얗게 빛나더니 사라지기 시작했다. 그 흐름과 함께 눈앞에 선명하게 보이던 채은의 모습 역시 흐려지고 있었다.

"사랑해 아빠. 한 번 더 말할게."

철훈의 시야에서 채은이 흐려지고 채은의 시야에서 철훈이 흐려지자 채은은 참아왔던 눈물을 쏟기 시작했다.

"아빠, 사실 나 너무 무서웠어. 숨도 안 쉬어지고 몸은 뜨거워지는데 아무것도 할 수가 없는 거야. 그때 아빠랑 엄마 생각만 났어. 그리고 내가 잘못한 것들도. 방문 쾅 닫은 거. 밥 안 먹겠다고 투정 부린 거. 말없이 집에 늦게 들어가고 그런 게 너무 생각나더라. 미안하고 보고 싶고 무섭고 사랑한다고 꼭 말해주고 싶었어. 이렇게 와 줘서 고마워. 미안하고 사랑해."

잠에서 깨어나자 거실에는 빙수도 카페도 채은도 없었다. 그저 전과 하나도 다르지 않은 고독한 광경만이 남아 있을 뿐이었다. 하지만 철훈은 그런 상황을 인지하고 있으면서도 계속 입술을 움직여 무언가를 말하려고 하였다.

"나도 사랑해. 사랑한다 채은아. 우리 딸."

그 어느 때보다도 소란스러운 거실의 고요.

"엄마는 채은아. 사실 채은이 찾으러 멀리 가버렸어. 그래서 오늘 채은이 보러 같이 못 갔어. 엄마 곧 갈 거야. 지금 채은이 있는 곳으로 곧 도착할 거야. 지금 어디쯤인 지는 아빠도 모르겠지만, 아빠는 알아. 엄마가 곧 갈 거 야. 그때 또 엄마랑 빙수도 먹고 사진도 많이 찍으면서 놀아."

그리고 뒤따라 새어 나오는 꽉 막힌 듯한 목소리.

"아빠도 곧 갈 거고."

아빠도 곧 갈 거고, 아빠도 갈 거고…. 그 말만 반복했다.

죽어야겠다고 생각했다. 어쩔 수 없이.

떠나간 딸을 마지막으로 한 번 더 만나면 전보다는 슬 픔도 그리움도 덜해져서 조금이라도 더 사람답게 살 수 있을 거라고 생각했다. 그러나 막상 만나보니 그게 아니 었다. 반대에 가까웠다. 내가 한 시라도 더 빨리 죽으면 거기에는 내 딸이 있을 텐데. 그리고 사랑하는 아내도 있을 텐데.

냉장고에 한 병 남아 있던 소주를 안주도 없이 들이켜고 곧바로 침대에 누웠다. 거기서 죽을 작정이었다. 죽는 방법을 잘은 몰랐지만 잠을 자기 위해 그동안 받아온 수면제를 한 번에 다 먹으면 될 것 같았다.

술기운이 퍼지자 기분이 점점 몽롱해졌다. 하염없이 눈물이라도 날 줄 알았는데 그것도 아니었다. 아무 생각도 들지 않았다. 이래도 되는 건가. 뭐라도 생각해 보자. 내가 죽은 이후엔 어떤 일들이 일어날까. 아니 나는 누구에게 언제쯤 발견될까. 남은 가족이 없었으니 아마 아주 오랜 시간이 흐른 뒤에야 발견될 거였다. 아마 그 때문에 주변은 얼마간 소란스러워지겠지. 나의 사인이나 죽음에 관한 정황들을 밝혀내려 이렇고 저런 것들을 다 조사해 볼 거고. 그러면 그 수상한 전당포도 조사하게 될까. 내 핸드폰도 어떻게든 잠금이 풀려 샅샅이 해부되려나. 그러면 내 죽음은 어떤 죽음으로 단정 지어질까. 만약 핸드폰에 부끄러운 것들이 담겨 있다면 아무래도 죽은 뒤에도 창피하겠지….

그렇게 생각이 꼬리에 꼬리를 물던 중, 그것만은 버틸 수가 없을 것 같아 침대 바로 옆에 아무렇게나 올려두었던 핸드폰을 집어 들었다. 지울 수 있는 건 그래도 깔끔하게 지워두고 죽고 싶어서였다. 문자 메시지들을 지웠다. 쓸데없는 결제 메시지와 스팸 메시지들이 대부분이었다. 앨범으로 들어가 그나마 많지도 않던 사진들을 지웠다. 업무 때문에 찍은 사진들, 친구들과 오랜만에 낚시를 떠났던 때의 사진 같은 것들이 이따금씩 눈앞에 스쳤다.

그리고 동영상. 동영상들도 모두 지우려 하는데, 거기에 낯선 영상이 하나 있었다. 채은의 얼굴이 떡하니 첫 화면으로 지정되었기에 안 열어볼 수가 없었다. 채은의 얼굴은 채은이 훨씬 더 어렸을 무렵, 그러니까 세상을 떠난 나이도 아니고 초등학교를 다닐 때도 아니고 고작 유치원을 다닐 무렵의 얼굴이었다. 기억이 났다. 유선이 이것 좀 보라며, 채은이 유치원 다닐 때 선생님이 채은이의 부고를 듣고 조심스럽게 보내왔다고 말한 영상이었다. 그땐 마침 바빴기에, 그리고 영상을 보고도 괴로워하지 않을 정도로 마음이 나아지지는 않았었기에 저장만 해 두고 보지는 못했었는데. 숨을 깊게 내뱉고 재생 버튼을 눌러봤다. 거기엔 아주 어린 채은이 조금은 경직된 표정과 자세로 화면을 바라보고 있었다. 유치원의 모든 학생들을 대상으로 아주 작은 인터뷰 같은 걸 진행했던 모양이었다.

"저는요 이채은이고요. 일곱 살이고요. 어. 네. 일곱 살이고요."

"그래 채은이는 뭐를 좋아해요?"

"저는 아이스크림이랑 노래 부르는 거요."

차가운 거 좋아하는 건 이때나 크고 나서나 똑같았네. 자기도 모르는 새에 웃음이 터져 나왔다.

"그러면 채은이는 커서 뭐가 되고 싶어요?"

"저는 노래하고 춤추는 가수가 될 거예요."

"왜 가수가 되고 싶어요?"

그러게. 가수가 되고 싶다는 말은 몇 번이나 들어서 알
았지만 그 이유는 한 번도 들은 적이 없었다. 화면 속 채
은의 입술이 꾸물거린다. 말해. 아빠도 궁금하니까 자신
있게 말해봐 채은아. 화면 속의 채은이 철훈의 말을 듣기
라도 한 것처럼 눈을 반짝이며 입을 열기 시작했다.

"노래하면 웃어서요."

"누가요? 채은이가?"

"엄마랑 아빠랑요. 제가 노래하면 많이 웃어서요. 그
래서 가수가 돼서 매일 노래하면 엄마랑 아빠랑 맨날 웃
을 수 있어서요."

몸이 일순 차가워졌다.

그 아이는 어려서나 다 크고 나서나. 심지어 죽고 나서도 내가 웃기만을 바라는 아이인데 나는 죽을 생각을 하고 있었다. 죽어서 너를 보러 갈 생각을 하고 있었다. 생각했던 것보다 훨씬 일찍 만나게 됐을 때 나의 그리움이 충족되는 것만 생각하고 그 아이의 마음은 어떨지는 생각하지 않았다. 분명 실망할 텐데. 잘 지내다가 나중에 다시 만나기로 했던 약속만 철석같이 믿었을 텐데.

방 안은 무서우리만큼 고요했다. 하지만 조금만 귀 기울인다면, 이 침대 위에서 온 가족이 함께 장난을 치던 웃음소리가 들리는 것만 같았다.

손에 털어 놓았던 수면제를 다시 통에 담고 거실로 나갔을 때 그곳에는 여전히 유선과 채은이 가득했다. 자기가 아무 데나 뒤놓고서 아침마다 어디 갔냐고 갖은 짜증을 부리던 채은의 고데기가. 커피를 좋아했던 유선이 유일하게 수집하는 취미를 뒀던 텀블러들이. 어떤 것이 누

66

구의 것인지도 알 수 없는 화장대의 화장품들이. 두 사람이 읽던 책과 의자들이 전부 아내 같았고 딸 같았다. 계절이 바뀌도록 현관에서 주인을 기다리고 있는 신발들을 보면, 그리고 신발들의 비어 있는 구멍들을 보면, 주인들의 발의 크기와 모양이 곧바로 그려졌다.

어떻게 해야 할까. 숨만 쉬어도 눈물이고 눈만 떠도 흔적들인데 이것들을 어떻게 할까. 치워버릴까 싶어 한 번씩 그 물건들을 만져봤다. 그리고 아주 잠깐 그것들을 눈에 안 보이는 곳으로 숨겨버리거나 영영 치워버리는 상상을 해보기도 했다.

못 할 것 같았다. 못 하겠다는 생각부터 울컥 치밀어올랐다. 더러운 것도 잊고 신발들을 끌어안고 울었다. 끌어안으면 끌어안을수록 그들의 잔상이 멈추지 않고 스쳤다. 만남부터 익숙해지는 것까지. 태어남부터 뿌듯함까지. 일상부터 여행까지. 갑작스러운 이별과 도무지 익숙해지지 않았던 또 다른 이별까지.

만날 수 없다. 더는 같은 세상에 있을 수 없다. 만지지 못하고 함께하지 못한다.

그렇게 몇 시간을 힘들어했는지 모른다. 더는 울 수 없을 만큼 울고 나니 조금은 몸이 가벼워진 느낌이었다. 딸의 얼굴을 꿈에서나마 볼 수 있었으니 당연한 일인가 싶었다. 그렇게 아주 잠시라도 볼 수 있었으니 다행이었고 결국 죽음이라는 것이 존재의 영원한 소멸을 뜻하는 것이 아니라 다른 세계로 영혼이 옮겨가는 일이라는 것을 알게 되어 안도할 수 있었다. 그러므로 언젠가는, 철훈 역시 삶을 다한 뒤에는 그들을 다시 만날 수 있을 거라고 생각할 수 있게 되었으니까. 그때 배에서 어떤 울림이 일었다. 배가 고픈 모양이었다. 철훈이 피식 웃었다.

"배가 고프네. 내가 배가 고프다고 느끼고 있네."

냉장고를 열어봤지만 물과 술 말고는 아무것도 없었다. 한참을 폐인처럼 살아왔으니 당연한 일이었다.

찌개를 먹고 싶었다. 가끔 세 가족이 집에 다 함께 저녁을 먹을 수 있는 날이면 끓여서 먹곤 했던 부대찌개가 먹고 싶어졌다. 창밖을 보니 어느덧 해가 뉘엿뉘엿 지려하고 있었다. 보통의 가정이라면 슬슬 밥을 짓기 시작할 시간이었다.

그래도 살아봐야겠다고 생각했다.

딸도 아내도 세상을 떠났지만, 밥도 사람답게 챙겨 먹고 일도 하고 사람도 만나면서 지내는 게 딸이 원하는 자신의 모습이라는 걸 이제는 알았다. 그리고 오늘 저녁을 소박하게나마 직접 차려서 먹는 것이 그 첫걸음이라는 것도.

다시 옷을 주워 입고 현관문을 여니 복도 창문을 통해 붉은 노을이 쏟아지고 있었다. 철훈은 그 노을이 눈물이 날 만큼 아름답다고 생각했다. 그리고 나와 당신, 나와 우리 딸, 우리 셋의 지난날들도 저만큼, 아니 저보다도 더 아름다웠다고.

상가 일 층의 마트에서 찌개를 끓이기 위한 음식을 하나둘씩 담았다. 계산대에 물건을 올려놓으니 생각보다 양이 많았다. 철훈은 너무 오랜만에 장을 보는 거라 모든 게 다 낯설게 느껴졌지만 그 낯섦이 나쁘지 않았다. 생각한 것보다 훨씬 더 무거운 봉투를 들고 마트를 나섰다. 고맙다는 인사라도 할까 싶어 두리번거렸지만 전당포가 있었던 자리에는 아무것도 없었다. 콘크리트 벽만 있을 뿐 그곳에는 원래 어떤 점포도 없었다는 듯이 그 어떤 소리도 흔적도 없었다. 정말 기절할 노릇이라고 혼잣말하며 발길을 돌렸다.

음식이 담긴 봉투의 무게가 꼭 세 사람이 같이 살 때 같았다.

집으로 돌아가면 아내와 채은이 거실에서 채훈을 기다리고 있을 것만 같은 저녁이었다.

2장

영원한 꿈

기정은 리모컨을 들어 텔레비전의 전원을 껐다.

애초에 거의 아무 소리도 안 들릴 정도로 볼륨이 줄여진 텔레비전이었지만 그건 '이제 본격적으로 자볼까 합니다'와 같은 행동이었다. 혜진은 그의 옆에서 이미 소파에 축 늘어진 채로 잠들어 있었다. 잠든 그녀가 혹시라도 잠에서 깰까 줄여둔 볼륨이었다.

"혜진아. 혜진아 일어나. 침대에 가서 자자."

혜진은 몸통이 아주 작게 부풀어 올랐다가 사그라드

는 것만 빼면 마치 죽은 사람처럼 곤히 잠들어 있었다. 기정은 못 말리겠다는 듯 혀를 차곤 혜진을 안아 들어 침실로 향했다. 그녀는 그러는 와중에 잠에서 깼는지 눈을 감은 채 어린아이처럼 살짝 웃었다.

"깬 거 다 안다. 침대 정도는 혼자서 가도 될 텐데."

"그래도 이게 좋단 말이야."

"어휴."

기정은 혜진을 침대에 눕히고 이불을 덮어주었다. 그리고 다시 침실 밖으로 나와 컵에 미지근한 물 한 잔을 받아서 침대로 돌아왔다.

이제는 내가 해달라고 안 해도 미리 물 떠다 주네. 컵이 어디에 있는지도 혼자서도 잘 찾고. 혜진이 그렇게 말하자 기정이 슬쩍 웃었다.

"이제 너네 집에 비싼 게 어디어디에 있는지도 다 아는데 너 어떡하냐."

"그럼 다른 남자 구해서 집 좀 지켜달라고 해야지."

"뭐? 그게 누군데? 몇 살인데? 나보다 어려? 잘생겼어?"

기정이 혜진의 겨드랑이와 허리를 쿡쿡 찌르며 장난스럽게 추궁하니 혜진이 빽 소리를 지르며 웃기 시작했다. 아 잠 오려던 거 다 날아간다고. 그만하라고. 알겠어 알겠어.

"한 번만 더 다른 남자 이야기하면 진짜 확 이 집에 눌러앉아 버린다."

"그럼 나야 좋지."

이후에도 기정과 혜진은 몇 마디의 다소 짓궂은 농담을 주고받았다. 그리고 몇 분 간격을 두고 사이좋게 잠들어버리고 말았다. 꿈에서도 두 사람은 같은 곳에서 같은 대화를 하고 있을지 마찬가지로 짓궂은 농담을 주고받고 있을지는 알 수 없었지만, 꿈에서마저 그런 농담을 주고받는다 한들 큰 문제는 없었다. 두 사람의 그러한 농담의 배경에는 웬만한 갈등으로는 절대 깨지지 않을 만큼의 애정이 두껍게 깔려 있었으니까.

둘은 정말로 죽고 못 사는 연인 관계였다.

처음 만난 건 대학교 캠퍼스 안에서였다. 디자인을 전공했던 혜진이 과학사 강의를 들으러 좀처럼 가볼 일이 없었던 공대 건물에 갔을 때였는데, 마침 그때 친구와의 점심 약속이 무산되어 멍하니 건물 벤치에서 음료수를 뽑아 마시던 기정과 마주친 것이었다.

기정은 혜진을 처음 보자마자 어쩔 수 없이 이 사람을 사랑하게 되겠구나 생각했다. 누군가는 여자가 드물었던 공대 건물에서 낯선 여자를 보아서 '궁핍한 와중에' 첫눈에 반한 거라고 했지만, 기정도 바보는 아니었다. 공대

라고 해서 여학생이 아예 없었던 것은 아니었던 데다가 남녀 공학 고등학교에서 학생회 활동을 하다가 졸업한 덕에 공대생치고는 이성 친구도 많았으니까.

다만 혜진의 그 오묘한 분위기가 마음에 들었다. 엄청난 미인은 아니었지만 그 눈빛과 피부 톤, 걷는 자세나 흩날리는 머리카락 같은 곳에서 일일이 특유의 싸늘함과 다정함이 동시에 느껴지고 있었다. 그러므로 평생을 함께 붙어 있어도 절대 질릴 것 같지 않았고, 풍겨 오는 그 정체 모를 쓰라린 감각 역시 밑도 끝도 없이 자기가 지켜주고 낫게 해주고 싶었다.

"저기. 혹시 목 안 마르세요? 제가 음료수를 뽑아 마시고 있는데, 동전이 너무 많아서 하나 더 뽑아 드리고 싶어서요."

"네?"

혜진은 처음에는 이게 무슨 상황일까 싶은 표정을 지

었지만, 조금 전에 건넨 기정의 말이 얼마나 바보 같았는지를 떠올리고는 자기도 모르게 웃어버리고 말았다.

"좋아요. 저는 레몬 맛 음료수로 뽑아 주시면 고맙겠습니다."

"받아 주셔서 감사합니다."

얼굴이 시뻘게진 기정이 황급히 고개를 숙여 레몬 음료수를 뽑아 그녀에게 건넸고, 그녀 역시 수줍게 그것을 받아 들었다.

"공대 다니시나 봐요."

"네."

공대 다니시나 봐요, 라고 물어본다는 건, 자기는 공대 학생이 아니라는 뜻이겠지. 다른 공대 여학생들을 비하하는 건 아니지만, 이 사람은 뭔가 이곳 사람 같은 분위기가 아니야. 기정은 왠지 모를 답답함에 휩싸였다. 그렇게 되면, 다음에 또 언제 이 사람을 마주칠지 알 수 없다는 뜻일 테니까.

"잘 마실게요. 그럼 저는 이제 가보겠습니다."

"저기."

"네?"

"다음에도 동전이 많으면 어떡하죠?"

"동전이 많으면⋯. 어떡하냐고요?"

"마침 다시 마주쳤는데 그때도 동전이 너무 많으면요. 그때도 음료수를 사드려도 괜찮을까요?"

혜진은, 또 그게 무슨 소리일까 곰곰이 생각하다가 픕 웃어버렸다. 세상에 이렇게 순수한 사람이 아직까지도 있구나, 라고 말하는 듯한 표정. 대답이 너무 늦으면 기정이 민망해할 수도 있으니 혜진은 얼른 말을 꺼냈다.

"매주 수요일 두 시 강의에요. 101호 강의실에서 하는 과학사 강의요. 마침 그거 마치면 그날은 다른 수업이 없으니까 그때 사주세요."

그날 이후로 기정은 수요일만 기다렸다. 본인도 당황스러울 정도로 혜진의 얼굴만 떠올랐다. 사춘기는 지난 지 오래인데 내가 왜 이럴까 싶었다. 그러다 수요일이 오면 기정은 그때의 레몬 맛 음료수를 들고 101호 강의실 앞에서 하염없이 그녀를 기다렸다. 어떤 날에는 레몬 맛 음료수와 사과 맛 음료수를 동시에 사들고 있기도 했다.

"오늘따라 레몬 말고 사과 맛이 더 드시고 싶으실 수도 있을 것 같아서요."

그렇게 순수하게 기정이 마음을 표현할 때마다 혜진은 환하게 웃었다. 마치 세상에서 가장 걱정 없는 사람인 것처럼 웃었다.


얼마 가지 않아 두 사람은 누가 먼저랄 것도 없이 서로
에게 빠져들었다. 꼭 수요일이 아니더라도 강의를 마치
자마자 밥을 먹었고 서로에게 건네는 꽃 한 송이 엽서 한
장에 웃었다. 특별한 날이 아니더라도 편지를 주고받았
고 만나지 않는 날에도 서로를 생각했다. 기정은 대학 친
구들과 술을 마시다가도 혜진에게 전화를 걸어 보고 싶
다고 했고 혜진은 그러면 친구들을 버리고 올 수 있겠느
냐고 장난스레 물었다. 기정이 당연히 그럴 수 있다고 말
하면 자리에 있던 친구들은 혀를 끌끌 찼다. 물론 부러워
서 또 그들이 보기 좋아서 그러는 거였다.


매일 웃기만 할 수는 없었다. 두 사람의 사랑이 여전
하거나 더 커졌다고 할지라도 두 사람 각각의 생으로부
터 오는 문제들은 사랑만으로 완벽하게 이겨낼 수는 없
는 것들이었다. 이를테면 그런 것들이었다. 기정의 집안
이 그다지 유복하지 않거나 혜진의 부모가 부모라면 해
선 안 될 말과 행동을 혜진에게 저질렀기에 생긴 문제와

상처 같은 것들.

특히 혜진의 경우에는 가정에서 오는 고통으로부터 좀처럼 벗어나지 못했다. 혜진의 모친은 혜진의 친모임에도 언제나 그녀에게 폭언을 일삼았다. 너만 없었으면 그 인간이랑 조금 더 빨리 이혼할 수 있었을 거라는 말. 다 네가 발목을 잡아서 그렇다는 말. 또 이혼 후 새로 혜진의 집으로 들어온 그녀의 계부는 친부는 아니었을지라도 아버지라는 이름을 달고서는 절대 해서는 안 될 더러운 짓을 혜진에게 저지르기도 했었다.

살다가 한 번씩, 기억들이 불쑥불쑥 떠오르면 혜진은 온몸을 바들바들 떨곤 했다. 기정은 그런 혜진의 사연을 알지 못했을 땐 그것을 막연히 두려워하기만 했지만, 혜진이 용기를 내어 자신의 과거를 그에게 털어놓은 뒤로는 어떻게든 그녀의 상처를 덮어주려 백방으로 노력했다. 무의식적으로도 폭력적인 말과 행동은 하지 않으려 애썼고 몇 번이라도 더 안아주겠다는 말, 네 잘못이 아니라는 말, 우리는 행복할 거라는 말을 한마디 한마디 온 진심을 담아서 그녀에게 들려주었다.

기정의 그런 마음이 통한 거였을까. 혜진은 기정과 함께한 시간이 점점 늘어남과 함께 발작적인 회상을 점점 드물게 하기 시작했다. 혹 어린 날의 기억이 떠오른다고 할지라도 눈을 감고 심호흡을 하는 정도로 그것을 금방 다스릴 수 있게 되었다.

그런 혜진의 모습을 보며, 기정은 살면서 단 한 번도 느껴본 적 없었던 거대하고도 무한한 애정을 느꼈다. 나의 보살핌으로 인해서 누군가가 더 나은 삶을 살게 됐다는 신비로움, 그리고 앞으로도 이 사람을 행복하게 해주어야겠다는 책임감 같은 것들이 뒤섞여 그를 더 나은 사람이 되고 싶게끔 하였다.

혜진은 그런 기정을 보며 지금으로도 충분하다고. 넘치듯이 고맙다고 말해주었다. 지금도 충분히 멋지지만, 아주 혹시라도 네가 못나지거나 못된 짓을 일삼는다고 할지라도 나는 너의 그런 모습들까지도 사랑할 준비가

다 되었다고. 두 사람은 그렇게 서로를 치유하고 또 좋은 사람으로 만들어주면서 여러 계절을 함께했고, 각자의 일을 찾아 어엿한 사회인이 되어갔다. 그 성과들은 기정에게 혜진이, 혜진에게 기정이 없으면 절대 혼자서는 해내지 못할 일들이었다.

그날도 그런 날이었다. 사랑이 가득한 날. 둘이서 함께할 미래가 기다려지던 날. 서로의 존재가 그저 고맙기만 하고 새삼스레 놀랍기만 한 날. 둘은 토요일을 맞아 서로 나눠 마실 음료와 각자가 좋아하는 간식거리들을 챙겨 한강 공원을 찾았다. 돗자리를 펴고 앉아 책을 읽거나 영화를 봤고 그것도 지루해질 때쯤엔 따뜻한 공기를 이불 삼아 나란히 누워 낮잠을 자기도 했다.

'이런 날이 언제까지고 이어진다면 얼마나 좋을까.'

한강의 잔잔한 물결 소리와 그보다도 예쁘고 잔잔한 혜진의 숨소리를 들으며, 잠에서 살짝 깨어난 기정은 그렇게 생각했다. 그리고 너도 나와 같은 마음인지가 궁금해져서 별안간 그녀를 불러 물었다.

"혜진."

"응?"

"언젠가 나중에 결혼하고 나서도 이러고 놀자. 알겠
지?"

혜진은 그 말을 듣고는 그저 웃고 말았다. 늘 이런 식
이었다. 함께한 날이 많아지고 서로가 서로에게 갖는 의
미가 커짐으로써 두 사람은, 엄밀히는 기정은 둘의 미래
에 관해 생각하고 말하는 순간이 많아졌고 어째 혜진은
그런 대화를 나눌 땐 조금 더 소극적인 사람이 되고 마는
것이었다.

"왜 또 웃기만 해. 서운하게. 웃기만 하지 말고 알았다
고도 좀 해봐. 우린 우리밖에 없잖아."

"알았어."

　정말 알았다고만 하네. 조금은 삐질 것 같았지만 그래
도 삐지진 않았다. 오늘은 좋은 날이었으니까. 오늘도 늘
그랬듯 우리만의 좋은 날이었으니까. 그래도 사랑하니
까. 나도 너를 사랑하고 너도 나를 사랑하고 있다는 것만
은 아주 또렷하게 느낄 수 있었으니까.

"흥."

"왜 또 그래, 귀엽게."

"아니야. 대신 다음 데이트 때는 더 많이 표현해 줘야
해. 알겠지."

"알았어."

　또 알았다고만 한다. 그래. 우리에게는 내일도 있으니
까. 내일은 오늘보다 더 사랑하는 하루가 될 테니까. 기정

은 한강 저 너머에서 해가 예쁘게 지는 것을 곁눈질로 보면서, 이제 곧 해가 완전히 지고 나면 날이 쌀쌀해질 테니 잠은 집에 가서 자자고, 내가 집까지 데려다주겠다고, 가는 길에는 간단하게 햄버거나 먹자고 말을 꺼냈다. 혜진은 햄버거라는 말에 몸을 벌떡 일으키며 화색을 보였다. 어째 나보다 햄버거를 더 좋아하는 것 같네. 기정은 그렇게 생각하는 동시에 그 모습이 또 귀엽기도 해서 혜진의 머리를 몇 번이고 쓰다듬었다.

햄버거를 배불리 먹고 십 분 정도를 더 걸으니 혜진의 집이 금방이었다. 눈을 감고도 걸을 수 있을 정도로 익숙해진 동네였다. 집 앞에서 기정은 늘 그랬듯 혜진을 꼭 안아주었다. 너무나도 익숙하고도 작은 몸집이 품 안에서 따뜻한 기운을 은은하게 뿜고 있었다.

"내일은 도화 만난다고 했지?"

혜진이 품속에서 말하는 대신 고개를 끄덕였다. 도화는 혜진의 많지 않은 친구 중 하나로, 취미가 많이 겹친다는 이유로 기정과도 금방 친해진 둘 모두에게 가까운 사람이었다. 도화와 혜진은 간만에 둘이서 차도 마시고 옷 구경도 다닐 예정이라고 했다.

"알겠어. 그럼 내일 둘이서 재밌게 놀고. 도화랑 내내 붙어 있을 거니까 별로 걱정 안 해도 되지? 다 놀고 밤에 집 돌아가서 연락 줄 거지?"

다시 끄덕이는 혜진. 기정은 이제 들어가 보라며 품속으로부터 혜진을 풀어주고, 혜진은 1층 현관 쪽으로 총총 걸어가다 말고 뒤를 돌아보곤 손을 흔들었다. 기정도 그 모습을 한 번 더 눈에 담으며 마찬가지로 손을 흔들었다.

가볼게, 기정은 말하곤 돌아온 길로 다시 발걸음을 옮기려고 했다. 그때 뒤에서 혜진의 목소리가 들려왔다.

"기정아."

"응?"

말이 없는 혜진.

"뭐야. 왜 불렀어 자기야."

이미 조금 걸어간 뒤에 멀찌감치 떨어져서 보는 얼굴
에서 혜진의 표정은 제대로 보이지 않았다. 무슨 일일까.
두고 간 물건이라도 있는 걸까. 혜진은 몇 초간 더 뜸을
들이더니 작게 입을 열었다.

"아니다. 잘 가라고요."

"뭐야, 시시해. 아무튼 갈게. 할 말 생각나면 연락하고."

"응. 근데 진짜 별거 아니야. 바로 잘 거예요."

"알겠어. 그리고 사랑해."

"사랑해 기정아."

기정은 그 말이 또 애틋하게 들려서 괜히 가슴을 몇 번쯤 문지르면서 집으로 돌아왔다. 함께한 지도 벌써 몇 계절이 지났는데 설렘이 좀처럼 가시지 않는다는 게 신기했다.

다음 날. 그날은 보통과 다를 것 없는 주말이었다.

아니, 어쩌면 평소보다 더 평화로운 날이었다. 오랜만에 늦잠을 푹 자고 일어나 일주일 동안 밀린 집안일을 해치웠다. 배달 음식으로 점심을 해결하고는 늘어지게 누워서 영화를 봤다. 점심 맛있게 먹었냐면서 자기는 이제 도화를 만나러 갈 준비를 한다는 혜진에게 답장을 보냈다. 혜진과 기정은 서로 떨어져 있지만 평화롭게 각자의 주말을 보내고 있었다. 혜진의 답장을 기다리면서 소파에 누워있던 기정은 창문으로 부는 바람이 참 선선하다고 느낄 때쯤 까무룩 잠들었다.

얼마나 시간이 흘렀을까. 다시 눈을 떴을 땐 노을이 예쁘게 지고 있었다. 벌써 시간이 이렇게 됐나 싶어 정신을 차리기 위해 늦은 샤워를 했다. 기정은 깔끔하게 정리된 집과 상쾌해진 몸으로 책상에 앉았다. 내일이면 또 일주일이 시작될 텐데 조금이라도 미리 다음 주에 할 일을 정리해 두면 한 주의 시작이 턱없이 고단하지는 않을 것 같아서였다. 낮잠도 자고 종일 푹 쉬었으니 이 정도쯤은 가뿐할 것 같았다.

그렇게 아홉 시쯤 됐을까. 혜진이 슬슬 집에 갈 때가 된 거 같아 휴대폰을 확인했다.

하지만 아무런 연락도 없었다. 도화를 만났다는 메시지 이후로 그 어떤 메시지도 없었다. 이제 슬슬 혜진도 도화와 다 놀고 집에 돌아갈 무렵인 것 같은데, 조심히 들어가라고 연락해야 하는 걸까. 아니면 그냥 내가 데리러 나갈까. 여러 생각이 스쳐 핸드폰을 꺼내 들었다. 최근 통화목록으로 이동해 그중 맨 위에 있는 혜진의 이름을 눌렀다. 그녀의 이름 옆에는 갖가지 색깔의 하트가 덧붙여져 있었다. 신호음이 다섯 번쯤 울렸을 때, 수화기 저쪽에서 전화를 받는 소리가 들렸다.

"자기야. 아직 놀고 있나? 아니면 이제 슬슬 집에 갈 시간인가? 다른 건 아니고 내가 데리러 갈까 해서."

수화기 저쪽에선 조금 어수선한 소리가 들려오고 있었다.

"안 들려?"

그리고 건너편에서 목소리가 들려오는데, 그건 혜진의 목소리가 아니었다. 도화의 목소리였다.

"도화야? 무슨 일이야? 왜 네가 전화를 받아?"

울고 있던 도화가 점점 더 크게 울더니 이윽고 꺽꺽 소리를 내며 울기 시작했다. 그 뒤에 들려오는 소식은 조금 이해가 안 되는 것들이었다. 혜진이 죽었단다. 집에서 혼자 손목을 그었단다. 도화의 장난이 과하다고 생각했다.

"무슨 소리야. 오늘 너랑 만나서 논다고 했잖아. 아까도 너 만나러 나갈 준비한다고 했는데? 재미없다. 도화야."

도화는 울음을 멈추지 않았다.

"너 뭐 했냐? 뭐 했는데 걔가 혼자 죽어."

"몰라. 몰라. 나는 그냥…. 얘가 약속도 안 나오고 전화
도 안 받길래 무슨 일인가 싶어서 집에 와봤는데…. 그런
데…."

가까운 사람들은 혜진의 도어락 번호를 알고 있었으
니 열고 들어와 봤다고. 그래서 들어가 보니 그 애는 없
었다고. 이름을 불러봐도 대답은 없었다고. 저 테이블 위
에 소주병이 두 병 정도 있었다고. 집에서까지 마실 정도
로 술을 엄청나게 즐기는 애는 아니어서. 특히 소주보단
달콤한 술을 좋아하는 애라서 너나 다른 손님이 왔었나
싶었다고. 그런데 욕실에서 작게 샤워기 소리가 들렸다
고. 들어가 보니 거기엔.

"거기에 혜진이가 누워 있었다고? 그게 언제였는데? 왜 그걸 이제야 나한테 말하는 건데."

이유는 몰라도 화가 치밀어 올랐다. 농담이겠지만. 그리고 그게 진짜라도 왜 이제서야 나한테 말하는 건가 싶다가도, 저렇게 숨이 넘어가도록 우는 와중에 다른 것을 할 여력은 있었겠나 싶기도 하고. 그런데 정말 농담은 맞는 거지? 그런 거지?

빈소는 아주 조촐했다. 지금까지 살면서 장례식장에 갈 일이 그다지 많지 않았던 것도 있었지만, 그래도 지금껏 봤던 장례식장 중 가장 조그만 곳이었다.

사람도 민망할 정도로 없었다. 연을 끊다시피 하고 지내고 있었기에 예상했던 대로 부모라는 사람들은 오지 않았고, 근근이 대학교 사람들, 회사 사람들만 잠깐 얼굴을 비추곤 떠나갔다. 그저 도화와 기정, 그리고 기정 도화 외에도 기정과 혜진과 두루두루 제법 각별하게 지냈던 친구 두어 명만 오래오래 그곳을 지키고 그곳에서 끼니를 때울 뿐이었다. 끽해야 서너 명, 그렇게 작은 테이블에서 그들끼리 조금 묵묵하게 슬퍼하면서 술을 마셨다.

유골함을 안치하면서 모든 장례 절차를 마감하고, 기정은 도화를 비롯한 혜진의 친구들과도 인사를 나눴다. 이제 정말 끝이었다. 말도 안 되겠지만 장례식장도 조금 익숙해지려던 참이었는데 혼자 집으로 돌아가려니 기분이 조금 이상했다. 혜진의 성화로 끊었던 담배를 하나 꺼내 물어 태우고는 집으로 가기 위해 역 방향으로 저벅저벅 걸었다. 날씨는 좋았고 사람은 각양각색의 모습으로 곳곳에 많았다. 검은 정장을 입은 사람은 자기 말고는 없는 것 같았다.

샤워기로 따뜻한 물을 틀어두고 손목을 그었다고 했다. 최초 발견자는 알고 있던 대로 도화라고 했다. 거기엔 소주병과 따뜻한 물 쏟아지는 소리, 그리고 힘없이 욕실 벽에 기대 있던 혜진 말고는 무엇도 없었다고 했다. 도화가 몇 번이고 했던 똑같은 말. 몇 번이고 들었던 말. 들어도 들어도 이해가 되지 않는 말들. 거리를 걸으며 눈물을 줄줄 흘리고 있는 사람은 기정 말고는 아무도 없는 것 같았다.

이제 어떻게 살아야 하나. 가까스로 도착한 집에서, 며칠 전에 혜진이 그랬던 것처럼 벽에 기대어 앉아 물을 꿀꺽꿀꺽 마셨다. 어떻게 살아야 하나 정말. 누구도 대답해 주지 않았다. 막막하기만 했다.

생활이 안 됐다. 언젠가 알고 지내던 친구를 보낸 적도 있고 어릴 적에는 소중히 여겼던 반려동물을 떠나보내기도 했었다. 그리고 그때도 가슴을 치며 슬퍼했었지만, 사랑해 마지않던 연인을 잃은 충격과 슬픔은 보통의 그것이 아니었다. 어떤 유형의 충격과 슬픔인지, 그 크기와 깊이는 어느 정도인지도 파악되지 않았다. 파악할 수가 없었다.

왜 죽은 거야. 왜?

그녀가 누구의 불행보다도 커다란 불행을 겪었던 것

은 지워지지 않을 명백한 사실이었다. 다른 누구보다도 자신을 아껴줘야 했던 부모로부터 오히려 커다란 상처와 씻을 수 없는 치욕감을 느껴야 했으니 그 고통은 없던 일로 여기기엔 너무도 컸을 것이다. 하지만 괜찮아졌다고 생각했는데. 빠르게는 아니어도 완벽하게는 아니어도 조금씩 나아지고 있는 거라고 생각했는데. 근래 그녀가 나에게 보여준 모습들, 나에게 해줬던 말과 행동들로부터는 슬픔과 피로의 흔적 같은 것들은 없다고 생각했었는데.

그래. 그런 아픔들은 나와 함께함으로써 다 괜찮아졌을 거라고 생각했었는데. 실은 그게 아니었던 걸까.

혜진을 떠나보내고 나서 며칠을 슬픔 속에서 보냈다. 회사도 말도 없이 결근했다. 혜진과의 관계가 관계인지라 처음 사흘쯤은 회사에서도 사정을 봐주었다. 가족상이 아니더라도 가족에 준하는 사람이 떠나갔으니 잘 보내주고 오라고. 하지만 장례를 치르고 나서도 도저히 정상적인 궤도로 일상을 회복시킬 수가 없어 계속해서 결

근할 수밖엔 없었다. 아마 지금쯤이면 이미 기정의 자리
를 다 정리해 둔 뒤일지도 모른다고 생각했다.

의식이 끊어질 때까지 마시다가 잠들고, 정신이 돌아
오면 다시 의식이 끊어질 때까지 마셨다. 울다가 생각하
다가를 반복했다. 전화기는 꺼둔 지 오래였다. 주변에서
발생하는 모든 소리가 소음이었으니 가장 먼저 차단해
야 할 건 전화기였다.

그제야 알 것 같았다. 생전에 혜진이 보였던 몇 가지
행동과 건넸던 몇 마디 말들이 다 신호였다는 것을. 그리
고 사랑에 최선을 다하고 있었다는 자신의 생각이 사실
은 착각에 불과했었다는 것을.

생각해 보면 혜진은 지금에만 집중하는 사람이었다.
기정이 혜진과의 미래를 이야기하면 혜진은 늘 옅게 웃
기만 했었다. 나도 너와 함께하는 미래에서 이렇고 저런
것들을 하고 싶고 어떤 곳에 살며 어떻게 늙어가고 싶다
는 이야기를 지나가다 말한 적 한 번 없었다.

또 마치 싸우듯이 처절하게 웃는 사람이었다. 아무리 반갑지 않은 일이 있어도 혜진은 일단은 웃었다. 웃을 만한 상황이 아닌데도 웃으려 애썼다. 그렇게 웃으면 뭐든지 해결될 거라고 믿는 사람처럼 그랬다. 또 미안하다는 말이나 고맙다는 말을 과하게 많이 했었고 집에 물건을 두기를 늘 주저했었다. 그래서 생일이나 기념일 선물 또한 물건보다는 맛있는 음식이나 여행 같은 것들로만 챙겨주곤 했었다.

혜진의 그 모든 것이, 자신이 언제라도 세상을 떠날 수 있음을 온몸으로 말하고 있는 일종의 신호였던 것이다. 그 와중에 기정은 스스로가 혜진을 잘 보살피고 있다고만 철석같이 믿고 있었던 거고.

내가 조금 더 많은 것을 물어봤었다면 어땠을까?
조금이라도 더 다정하게 안아줬다면 어땠을까?
한 번이라도 더 괜찮아질 거라는 말을 해줬다면?
그러면 그녀가 죽음보다는 살아보는 것을 선택하지 않았을까?

고요한 방과 아무것도 없는 주말은 어떤 대답도 해주지 않았다. 시끌벅적하진 않더라도 두 사람의 목소리만은 가득했던 방이었고 대단한 걸 하진 않더라도 매번 행복했던 주말이었다.

　아무리 많은 시간이 흘러도 그녀를 향한 그리움과 죄책감은 줄어들지 않았다. 꿈에서라도 만날 수 있다면 미안하다는 말이라도 해볼 텐데. 다 미안하니까 절대 떠나가지 말라고 바지라도 붙잡고 빌어볼 텐데. 남들은 꿈에 그렇게 떠나간 사람이 잘 나타난다는데 기정의 꿈에 단 한 번도 혜진은 나타나지 않았다.

　정말 이유라도 듣고 싶었다. 힘들고 슬픈 시간을 지내고 있었다는 건 이해라도 했겠지만 왜 그걸 나한테 숨겨야 했었느냐고. 조금만 더 나에게 의지할 수는 없었겠냐고 따지고도 싶었다. 그래 만날 수만 있다면. 꿈에서라도 만날 수만 있다면.

　새벽 두 시, 담배가 떨어졌는데 당장 몇 개비를 태우지 않으면 숨을 제대로 쉴 수 없을 것 같았다. 기정은 하는 수 없이 후드티를 뒤집어쓰고 집을 나섰다. 집 바로 앞에 있는 마트는 시간이 시간인지라 문을 닫아서 어쩔 수 없이 십 분 정도 걸어서 편의점까지 가야 했다.

모든 불이 꺼져 있었다. 가게는 그렇다 쳐도 대로변을 지나치는데도 빛 한 줄기 없었다. 다들 곤히 자는 모양이었다.

어쩌면 이렇게도 평화로울까. 누구 마음은 지옥인데.

숨이 제대로 쉬어지지 않는 느낌이 더욱더 심해졌다. 서둘러 편의점에 닿아야 했다. 하지만 아직 멀었군. 눈앞이 흐려졌다. 빨라져도 모자랄 판에 발걸음은 서서히 느려졌다. 왜 이러지. 최근에 너무 사람답게 살지 않아서 이러나. 혹시 이렇게 죽는 건가.

돌바닥에 아무렇게나 널브러져 호흡을 가다듬으려 하는데, 그때 어떤 목소리 하나가 들려왔다.

"왜 이러시지? 취하셨나? 바닥이 많이 차요. 선생님."

온 힘을 다해 눈을 떠서 그쪽을 보니 웬 처음 보는 중
년 남성이 자기를 내려다보고 있었다. 죽으라는 법은 없
나 보군. 이런 생각을 하는 걸 보니 우습게도 살고 싶긴
한가 보군. 기정은 천천히 입을 열어 그에게 말했다.

"담배."

"네?"

"담배 한 개비만 빌릴 수 있을까요."

남자는 처음에는 기가 찬다는 듯이 웃으면 그를 내려다
보다가, 이내 기정의 표정이 진심이라는 것을 느끼곤 주머
니에서 담배를 한 개비 꺼내어 누워 있는 기정의 입에 물
려주었다. 기정은 심호흡을 하듯 아주 느리고 길게 담배
연기를 마신 뒤에 다시 아주 천천히 그것을 뱉어냈다.

이제 살 것 같았다.

"고맙습니다. 취한 건 아니고 급히 담배를 좀 사러 가고 있었는데 잠깐 몸이 좀 힘들었나 봐요."

남자가 좀 전보다도 더 기정을 이상한 눈빛으로 보기 시작했다. 담배가 없으면 죽을 사람처럼 보이려나. 차라리 술을 마셨다고 하는 쪽이 더 나았으려나.

"아무튼 고맙습니다."

"걸을 수는 있겠어요?"

"물론이죠."

윽. 바닥을 손으로 짚고 몸을 일으키려는 순간 한 번 더 푹 고꾸라졌다. 갑자기 담배를 피워서인지, 이미 아까부터 다리 힘이 풀려 있었던 건지는 알 수 없었다. 중년 남성이 얼른 다가와 기정을 부축했다.

"이거 큰일이네. 뭐 병원을 데려다 드려야 하나."

"아뇨, 병원까지 갈 일은 아니고. 그냥 어디 앉아서 좀 쉬면 괜찮아질 것 같아요."

"그럼 같이 갈래요?"

"어디를요?"

"제가 주변에서 가게를 하거든요."

"가게를요?"

"네. 마침 이 주변이고. 뭐 강매하고 그러려는 거 아니고 쉬다가 가기만 해도 되니까 이쪽으로 오세요."

새벽 두 시라 온통 주변이 캄캄했고, 그리고 언젠가 누군가를 따라갔다가 죽은 몸으로 발견됐다는 괴담을 들은 적도 많았지만, 그게 이 사람을 두고 하는 이야기 같지는 않았다. 이 사람은 쓰러져 있던 자신을 발견해 친절을 베풀어준 사람인 데다가, 마찬가지로 나의 어떤 말과 행동을 듣고는 나를 의심하기까지 했기 때문이었다. 기정은 묵묵히 남자가 이끄는 방향으로 걸음을 옮겼다. 조금 걸으니 온통 어두운 가운데 일 층에 불이 환하게 밝혀진 가게가 거기에 있었다. 시간을 잇는 전당포라는 이름의.

"전당포?"

"전당포 오랜만에 보죠? 아닌가? 나이가 젊으시니까 거의 처음 보시려나? 아무튼 여기입니다."

기억이 틀린 게 아니라면 기정이 전당포라는 공간에 발을 들인 것은 태어난 이후로 처음이었다. 새벽이라 쌀쌀했던 참이었는데, 전당포 안에는 묘하고도 훈훈한 기운이 맴돌고 있어서 마음이 누그러지는 게 느껴졌다.

전당포 안에는 별의별 물건이 다 있었다. 금으로 만든

것으로 보이는 번쩍번쩍한 두꺼비에서부터 정말로 무기의 기능을 하는 건지 궁금해지는 무시무시한 칼도 있었다. 저 안쪽에는 오래된 책이나 그림 같은 것들도 잘 보관되고 있는 것 같았다.

기정이 자기도 모르게 입을 벌리고 주변을 구경하고 있으니 남자가 종이컵에 믹스 커피를 타서 그에게 건넸다.

"감사합니다. 조금만 쉬다가 가면 되는데 이런 것까지."

커피를 받아 들자마자 한 모금을 들이켠다. 당이 부족했던 건지 수분이 부족했던 건지 커피는 뜨거운 줄도 모르고 꿀떡꿀떡 잘 넘어갔다. 아 참, 모르는 사람이 건네는 커피는 위험할지도 모르는데. 하지만 이미 시원하게 마셔버린 뒤였기에 그런 건 신경 쓰지 않기로 했다. 판단하기에 저 남자는 정말로 위험해 보이지 않았으니까.

"제대로 구경해도 돼요. 전당포 처음 본 사람들은 다 그러니까."

기정은 그의 말을 사양하지 않고 주변을 다시 둘러보았다. 그러니 안 보이던 것이 보이기 시작했다. 벽에 적힌 짧은 글이었다.

궁금한 것
알고 싶은 것
만나고 싶은 사람
갖고 싶은 것

무엇이든.

이미 한 번 뻔뻔해진 거 끝까지 가보자. 기정은 궁금한 걸 못 참고 그에게 말을 다시 말을 걸었다. 남자는 마찬가지로 믹스 커피를 한 잔 더 타서 마시다가 말고 고개를 들어 기정을 바라보았다.

"전당포는 보통 물건을 갖고 오면 돈을 빌려주는 시스템 아닌가요? 근데 저기 적힌 건 뭐예요? 심부름 센터 같은 일도 해주는 건가?"

"심부름센터처럼 뭔가를 대신 해주거나 가져다주는 건 아니고요. 그냥 알려주거나 주기만 할 뿐이죠."

'알려주거나 주기만 할 뿐.' 기정은 그의 말이 제대로 이해가 되지 않아 한참을 그 의미에 대해 생각했다. 그러니 남자가 한마디를 더 거들었다.

"궁금한 게 있으시거나 보고 싶은 사람이 있으시면, 만나게 해드릴 수 있다는 뜻이에요. 조금은 특별한 방법으로."

조금은 특별한 방법? 뭐 납치라도 해서 데려다주나? 그런 수상한 방법이어도 좋으니까 혜진이를 다시 내 앞에 둘 수만 있다면 얼마나 좋을까. 하하.

"혹시 저 중에 원하는 게 있으신가요?"

저 중에 원하는 것? 있죠. 있는데…. 아니다.

"있는 것 같기도 한데 여기서 거래하거나 할 수 있는 게 아니네요. 보고 싶은 사람이 이 세상 사람이 아니라서."

"들어보기나 하죠. 도와드릴 수도 있으니까."

"죽은 사람도 다시 만나게 해준다고요?"

술 취한 거 아니라니까 너무하네 이 양반, 그렇게 생각하며 인상을 찌푸렸다. 여러모로 챙겨줬던 건 고마웠지만 혜진에 관한 것만큼은 농담의 재료로 사용하기 싫었으니까.

"농담이 아닙니다. 죽은 사람을 데려오겠다는 것도 아니고요. 그저 꿈에서 그 사람을 잠깐 만나는 정도다, 라고 생각하시면 편하겠네요."

전당포랑 심부름 센터에 이어서 최면 치료라도 한다는 걸까. 기정은 순간 그의 말에 흥미가 생겨 한쪽 눈썹을 움찔댔다. 아닌 게 아니라 오늘만 해도 '꿈이라고 해도 만날 수만 있다면 좋겠다'고 생각했던 건 사실이었으니까. 이야기라도 들어볼까. 누군가 바보냐고, 그런 거에 속냐고 손가락질한다고 해도 별 상관은 없었다. 벼랑 끝에 몰린 사람은 어떤 도움이라도 달게 받기 마련이니까. 그리고 정작 나와 각별하다고 생각했던 사람들은 오히려 나에게 그다지 도움이 되지 않은 적이 많았으니까.

기정과 남자는 마치 교도소의 면회실의 그것처럼 아크릴판을 사이에 두고 많은 대화를 했다. 혜진과 기정에 관하여. 그리고 갑작스러운 혜진의 죽음과 혜진이 생전에 보여주었던 죽음을 암시했던 신호들에 관하여. 그리고 혜진이 떠나간 뒤에 혼자 남은 기정의 나날에 관하여. 남자는 둘의 이야기를 그 누구보다도 신중하게 들어주었다. 시간이 제법 지난 모양이었는지 어느새 커피는 차갑게 식어 있었다.

"그런 사연이었군요. 그래서 힘들어서 요즘 사는 게 사는 것 같지 않으신 거고."

"네. 정말 한 번이라도 만날 수 있다면 하고 싶은 이야기가 많은데, 야속할 정도로 그 사람은 꿈에 나오지 않고요…."

"말씀드렸듯 꿈에서 만나게 해드릴 수는 있어요. 최면 같은 건 아니고 약을 하나 드릴 건데, 그 약을 드시고 잠깐 낮잠을 주무시면 되는 겁니다."

"낮잠이요? 수면유도제 같은 건가요?"

"아니요. 조금 다릅니다. 수면제나 수면유도제는 잠이 오도록 돕는 거지만, 이 약은 잠을 자게 해준다기보단 잠에 빠졌을 때 꿈을 꾸게 해주는 약입니다. 그 꿈속에선 누구든 만날 수 있게 되는 거고요. 만약 약을 드시고 잠에 빠졌는데 어떤 꿈도 꾸지 못했다면 당연히 전액 환불해 드릴 수도 있고요."

참 별게 다 있구나. 너무 비싸지만 않으면 해볼 만하겠는데.

"살게요. 얼마에요?"

"돈으로는 잘 안 받고요, 물물교환으로 합니다. 그래도 전당포긴 전당포라서."

"어느 정도의 가치를 지닌 물건이어야 할지 감이 잘 안 오네요."

"그냥 가장 소중하다고 여겨지는 물건 하나만 가지고 오시면 됩니다. 보통의 사람들이 말하는 가치 있는 것과는 조금 동떨어져 있는 것이어도 좋으니까요."

흠. 집에 그런 게 뭐가 있으려나. 육십만 원이나 주고 산 게임기? 그건 막 샀을 때는 무엇보다도 소중했지만 지금 그걸 소중하게 다루느냐 하면 아니었다. 그러면 또 뭐가 있나. 첫 월급을 타고 큰마음 먹고 샀던 구두? 그건 소중하긴 했지만 '가장'은 아니었다. 그리고 그 정도 되는 걸 지불해서 혜진을 만난다고 생각하니 그건 뭔가 말이 안 됐다. 혜진이 안다면 조금 서운해할지도 모른다고 생각했다. 더 귀하고 소중한 게 있어야 하는데. 그때 남자가 뭔가를 잊고 있었다는 듯 말을 덧붙였다.

"아, 맞다. 꿈에서 만나게 해드릴 수는 있는데요. 스스로 목숨을 끊은 사람과 만나게 되는 꿈은 조금 으스스하거나 끔찍한 곳일 수도 있어요. 아무래도 그런 사람들에게는 일종의 벌을 주는 느낌으로 예쁜 저승을 마련해주진 않으니까."

소중한 것이 당장은 생각나지 않는다고, 집으로 가면서 한 번 더 생각해 보고 집에 가서도 한번 이곳저곳을 뒤져보겠다고 말하곤 전당포를 나섰다. 몇 시간 뒤면 해가 뜰 것 같은데도 불구하고, 전당포의 그 남자는 천천히 다녀오라는, 돌아올 때까지 계속 열어두겠다는 말을 태연하게 그의 뒤통수를 향해 건넸다.

집으로 돌아가는 동안에는 온통 혜진에 관한 생각뿐이었다. 혜진이 불쌍하고 또 걱정됐다. 안 그래도 힘든 아이였는데. 죽고 나서도 좋지 않은 곳에 있을 수밖에는 없

다니. 그녀를 기다려주던 사람도 반겨주거나 챙겨주는
사람도 없을 텐데. 얼마나 외롭고 또 무서울까.

조금이라도 빨리 그녀를 만나러 가고 싶었다.

발걸음을 서둘러 집에 도착하자마자 곳곳을 뒤지기
시작했다. 뭐가 좋을까. 뭘를 대가로 건네야 혜진이를 다
시 만날 때 조금이라도 덜 부끄러울 수 있을까. 서랍을 열
고 옷장을 열었다. 뭘 열 때마다 물건들이 튀어나왔다. 그
것들은 전부 소중한 물건들이었지만 그렇다고 해서 그걸
전당포에 대가로 넘길 수는 없었다. 사실 이 선물보다 더
중요한 것은 함께 행복했던 기억이니까. 나는 혜진에게
물건으로 선물을 건네지 못했지만 혜진은 나에게 이런저
런 선물들을 건네주곤 했었다. 옷부터 시작해서 취미용
품, 주방용품에 이르기까지. 이 선물을 다 준다고 할지라
도 행복했던 기억은 그대로니 가장 중요한 거라고 할 수
없을 것이다. 큰일이네. 다른 소중한 게 뭐가 없을까.

그때 눈에 들어온 게 창가에 있던 선인장이다. 그러고

보니 대뜸 선인장 하나를 선물로 준 적이 있었다. 물을 많이 안 줘도 되니까 다른 식물들처럼 쉽게 죽지 않는다면서. 사실 식물에 별로 관심이 없기도 하고 선인장은 키워볼 생각을 안 했던 터라 평소처럼 고맙다고 말하긴 했으나 그렇게까지 중요하게 생각하지는 않았던 물건이었다. 하지만 혜진이 세상을 떠나고 그녀를 만나기 위해 물건을 찾으면서 발견한 선인장이 가장 중요해진 이유는 이것만이 유일하게 살아있는 거였기 때문이다.

혜진이 선물해 준 그렇게 많은 물건도 함께 찍은 사진도 그 어떤 것도 온기가 남아있지 않다. 하지만 무슨 이유에서 잘 죽지 않은 선인장을 선물해 준 건지는 몰라도 이것만은 유일하게 생명이 붙어있다. 가만히 화분을 만지고 있으면 혜진이 이 선인장을 골랐을 때의 온기가 느껴지는 기분이다. 자세히 보니 연필처럼 곧게 생긴 선인장은 삶의 많은 것 앞에서 곧게 서고 살아갔던 혜진을 닮은 것 같기도 했다. 떠날 생각을 예전부터 하고 미리 이런 선물을 준 걸까? 자기를 영원히 잊지 말아 달라는 의미로.

막상 선인장을 챙기려고 하니 기정은 머뭇거릴 수밖에 없었다. 이것마저 없어지면 혜진과 관련된 물건 중에 살아있는 건 아무것도 없을 테니까. 혜진을 닮은 선인장을 내 손으로 사라지게 하는 건 그녀를 두 번 죽이는 게 아닐까? 어쩌면 그 무엇보다 강한 신호였을지도 모를 선인장을 계속 바라보면서 반성하고 또 반성하고 자책해야 하는데 과연 이걸로 혜진을 만나는 게 맞을까? 동시에 참 스스로가 웃기다는 생각을 했다. 평소에는 잘 신경 안 쓰던 물건이 죽고 나니까 가장 소중해진다? 괜찮을 거라고 생각했지만 사실은 하나도 괜찮지 않았던 혜진을 놓친 것과 다를 게 하나도 없었다.

하지만 지금 기정에게 제일 급한 것은 혜진을 다시 만나는 일이었다. 사랑한 시간만큼 소중한 물건이 많을 줄 알았는데 오히려 물건보단 함께한 시간이 더 소중하다는 것을 깨달은 지금, 건넬 수 있는 건 작은 선인장밖에 없었다.

기다린다곤 했지만, 혹시나 그 사이에 문을 닫지는 않

앉을까 싶어 급하게 전당포를 향해 달려갔다. 다행히 아직 불은 밝혀져 있었고, 그 너머로는 어스름하게 해가 떠오를 준비를 하고 있었다. 아무리 생각해도 신기한 곳이라고 생각했다. 해가 뜰 때까지 문을 열어둔 전당포라니.

전당포의 그 남자는 이렇고 저런, 믿을 수도 없는 농담에 가까운 주의사항들과 함께 알약 하나를 건네며 동시에 기정의 손에서는 선인장을 가져갔다. 기정은 알약을 받아 들고는 다시 발걸음을 서둘러 집으로 돌아왔다. 창밖이 더 밝아져 있었다.

알약을 입에 물고 물을 병째로 들이켠다. 침대 위에 아무렇게나 널브러진 옷가지들을 손으로 밀어 바닥으로 떨어뜨리고 침대 위에 몸을 눕힌다. 이제 이 상태로 조금만 있으면, 드디어 내 꿈에도 내가 사랑했던 사람, 혜진이 찾아와준다. 기정은 그렇게 생각하며 빠르게 뛰기 시작하는 심장박동을 느꼈다.

다시 눈을 뜬 곳은 처음 보는 공간이었다. 사람들이 으레 말하듯 스스로 목숨을 끊은 사람들은 지옥으로 간다는데, 여기가 지옥인 걸까 생각해 봐도 딱히 그런 것 같지는 않았다. 무시무시한 불기둥도 피가 흐르는 강 같은 것도 거기엔 없었으니까. 다만 하얀 것들뿐이었다. 하얀 모래와 하얀 건물, 하얀 새와 하얀 하늘로 뒤덮여 있는 하얀 마을. 비현실적이긴 했으나 공포스럽진 않았다. 쓸쓸하긴 했지만 괴롭지도 않았다. 여기가 혜진이가 머무는 곳인 걸까?

"혜진아."

대답이 돌아오지 않았다.

"혜진아? 여기 있어? 어디에 있어?"

조금 더 큰 소리로 그녀를 부르며 주변을 둘러보았다. 무서운 상상이 스쳤다. 어떤 잔혹스러운 동화의 장면처럼 숲속 어딘가에 곤히 잠든 채로만 있는 건 아닐까. 그 아이가 내가 기억하는 모습이 아닌 완벽하게 낯선 모습으로 나타나지는 않을까. 하지만 곧 아주 작고 하얀 집의 문이 열리더니, 거기에서 흰색 원피스를 입은 혜진이 천천히 걸어 나왔다. 기정이 알고 있었던 그 혜진이었다. 혜진은 캠코더 영상 속의 그 미소와 똑 닮은, 아주 환하고 또렷한 미소를 짓고 있었다.

"기정이야?"

기정은 그 목소리. 죽을 만큼 다시 듣고 싶었던 그 목소리를 듣자마자 그녀를 향해 달려갔다. 그리고 떼라도 쓰듯이 그녀를 껴안고 그녀의 어깨에 얼굴을 비벼댔다.

"내가 얼마나 많이 울었는 줄 알아. 진짜 내가 얼마나. 얼마나…."

"미안해. 기정아. 떠난다고 말하면 네가 절대 나를 안 놔줄 것 같아서 그랬어."

"당연히 안 보냈지."

몇 번쯤 더 얼굴을 비비고, 고개를 들어 품에 안긴 작고도 하얀 혜진의 얼굴을 내려다보았다. 그리고 짧게 입을 맞췄다.

"괜찮아? 지금은 아픈 데 없어? 잘 지냈어? 밥은 먹었고? 안 무서웠어?"

"미안해."

"뭐가 그렇게 힘들었길래 그렇게 갑자기 가버려."

"엄청 많이 힘든 건 아니었어."

"거짓말하지 마. 그때 그렇게 속였으면 됐어. 이제 다 말해줘. 괜찮으니까. 혜진이 네가 갖고 있는 슬픔을 나한테도 전부 나눠줘. 뭐가 그렇게 힘들었어 정말?"

혜진은 그 예쁜 미소를 얼굴에서 거두더니 난처해하기 시작했다.

"일단 좀 걸을까? 나도 자기를 너무 갑작스럽게 다시 만났으니까 마음의 준비가 필요하지 않겠어?"

기정은, 그것도 그렇네, 대답하곤 혜진과 나란히 그 하얗기만 한 곳을 걷기 시작했다. 여기가 네가 머무는 곳이냐고 물었다. 그렇다고 했다. 죽은 사람들은 다 이런 곳으로 오냐고 했다. 그건 아니라고 했다. 원래는 더 예쁘고 평화로운 곳, 그러니까 꽃밭 같은 곳으로 보내주기도 하는데, 나처럼 스스로 죽음을 선택한 사람들은 그다지 예쁜 곳으로는 못 온다고 했다. 그래도 이곳이 그나마 덜 무섭고 불편한 상황도 생기지 않는 곳인 것 같다고.

"조금 많이 쓸쓸하긴 하지만 말이야. 하지만 어쩌겠어. 내가 저지른 일이니 내가 책임질 수밖에."

"그러니까. 정말 보고 싶었던 것도 사실이지만, 그래도 난 아직도 이해하기가 좀 힘들어 혜진아."

"……"

"도대체 왜…. 왜 그렇게 갑자기 간 건지. 조금 걸었으
니 이제는 말해줘도 되잖아."

혜진은 아주 잠깐 걸음을 멈추고 눈을 감고는, 잠수라
도 하려는 사람처럼 숨을 깊게 들이마셨다. 그리곤 천천
히 눈을 뜨고는 다시 기정을 향해 웃어 보였다.

"말할게."

그래. 말해봐 혜진아. 기정은 말없이 고개를 끄덕이며
조용히 혜진의 마음을 응원했다.

"사실 별다른 건 없어. 다 기정이 네가 알고 있었던 이
야기들이야. 내 가족에 관한 이야기들."

"그랬구나. 안 괜찮았던 거구나."

내가 언제까지고 안아주겠다고. 함께해주겠다고 약속
했었는데. 기정이 속으로 생각하는데, 그 생각을 읽기라

도 했다는 듯 혜진이 말을 이어갔다.

　"기정이 넌 날 잘 지켜줬었어. 진심으로 고마워하고 있고. 너도 알지?"

　"응."

　"근데 내가 힘들었던 건, 그 슬픔은 내 혼자만의 슬픔이었는데, 그 슬픔이 남긴 상처를 너처럼 빛나는 사람에게 전이하는 게 싫었던 거야."

　"…"

　"그게 슬펐어. 사랑할수록 짐이 되는 것 같아서. 오히려 힘이 돼주고 싶었는데 그게 잘 안됐던 게. 사랑할수록 슬퍼진다는 게 이상하기만 했어."

　"그렇다고 그렇게 혼자 가버려?"

"그건 정말 미안해. 하지만 한 번쯤 그렇게 너를 아프게 만들어서라도 해야 하는 일이었어. 더는 기정이 너한테 짐으로 남지 않고 싶었으니까. 내가 없는 게 너를 더 잘 살게 만드는 일 같았어."

그렇게 바보 같은 선택이 어디 있어, 기정은 속으로 그렇게 생각했지만, 이 말만큼 입 밖으로 낼 수 없었다. 어찌 됐든 나부터 생각했기 때문에 그런 결정도 내린 거였을 텐데. 그 결정에마저 원망이나 비난의 말을 던지면 영혼으로 남게 된 혜진마저도 산산이 부서져 버릴 것만 같았다. 혜진이 입을 열었다.

"그렇게 되길 바랐는데. 내가 없어져 줌으로써 네가 더 잘 살았으면 했는데, 결국 너는 내 앞에 와 있네. 이렇게 돼버렸네. 슬퍼라."

"네가 하루아침에 가버렸는데, 그렇게 오랫동안 함께한 네가 없어졌는데 어떻게 내가 잘 살 수가 있겠어. 어떻게 그 시간이랑 너를 까먹어버리고 잘 살아."

그렇게 환하게 웃고 있었던 혜진이 어느덧 한없이 울적한 표정을 짓고 있었다. 아무리 떠난 게 미워도 사랑하는 혜진이 슬퍼하는 건 볼 수가 없었다.

"그렇다고 너를 추궁하고 있는 건 아니야. 나는 생각도 못 한 부분이었는데, 그렇게까지 나를 생각해 줘서 고마워."

그러니 혜진이 조금은 쓸쓸한 느낌을 풍기는 미소를 다시 보여줬다. 그리곤 헛기침을 몇 번 하더니 기정에게 물었다. 그런데 여기에는 왜 온 거야? 기정이 너도 그렇게 된 거야? 여기 왔다는 건 혹시 너도 스스로 그런 선택을 한 거야?

기정은 그 수상한 전당포에 관한 이야기나 자신은 일단 30분 동안만 여기에 온 것이며 내가 생각하기에 소중하다고 생각되는 것을 소비해서 너를 보러 온 거라는 말을 일단은 아껴야 한다고 판단했다. 약속했던 시간도 어느덧 많이 남지는 않은 것 같았지만, 그래도 아직은 이별을 생각하고 싶지는 않았다.

"그거는 조금만 더 이따가 이야기하자. 자기는 잠은 어디서 자? 집은 있어? 전엔 못했던 내 집 마련 여기서는 한 거야?"

혜진은 웃으며 그렇다고 대답했다. 그리곤 손을 들어 어딘가를 가리켰다. 거기엔 마을에 있는 다른 모든 건물들과 마찬가지로 벽부터 문, 담까지 모든 게 새하얀 작은 집이 있었다. 기정이 구경시켜 달라고 하니 혜진은 구경이 웬 말이냐며, 앞으로 당연히 같이 살아야 하는 거 아니냐고 답했다. 기정은 어쩔 수 없이 마음이 흔들려 오는 것을 느꼈다.

"여기야. 내가 지내는 곳. 여기서 잠도 자고 그러고 있어."

집은 깔끔했다. 그리고 한편으로는 슬펐다. 생전에 집에 거의 아무것도 두지 않고 지냈던 혜진의 방과 놀라울 정도로 비슷한 느낌을 풍기고 있기 때문이었다. 혜진은

그런 기정의 마음을 아는지 모르는지 싱글벙글 웃고만
있었다.

"어때? 침대가 좀 좁긴 한데, 오랜만에 다시 만났으니
까 나란히 누워서 안고 있을까요?"

"그럴까요?"

한숨에 최대한 많은 잡념을 실어 내뱉고, 기정은 혜진
과 나란히 누워 혜진을 껴안았다. 그러니 정말로 꼭 예전
으로 돌아온 것만 같다는 생각이 들었다. 처음 대학 건물
에서 마주쳤던 때의 설렘과 서로에게 미친 듯이 빠져들
었던 시절, 서로의 상처를 알게 되고 그를 감싸 안아 주
었던 기억들이 순서대로 감은 눈앞을 스쳤다.

그러니 분명해지는 마음이 있었다.

'그래. 나는 이 사람 없으면 아무래도 안 되는 건가 보다.'

삼십 분 안에 꿈에서 깨어나지 않으면 다시는 현실 세계로 돌아올 수 없게 된다는 말, 그 말은 처음에는 물론 무시무시한 말로 들렸으나 이제는 그 말이 두렵지 않았다. 지금 나에게 안겨 있는 사람, 이 사람만 있으면 그곳이 황폐한 사막이든 불타는 지옥이든 상관없을 것만 같았다. 이 사람 없는 나는 말이 안 됐다. 이 사람 없이 사는 나는 절대 완성되지 않을 것 같았다.

"혜진아."

품속에서 새근대며 숨을 쉬던 혜진이 눈을 감은 채로 대답했다.

"응?"

"이제는 걱정하지 마. 깊은 곳에 있는 슬픔도 이런 선택을 해야 했던 이유도 다 알게 됐고 이미 다 용서했으니까. 그리고 앞으로는 절대 혼자 안 슬퍼하게 할 테니까."

"응. 고마워."


"죽을 때까지 지켜줄게. 이미 죽었지만."


두 사람은 소리 없이 얼마간을 웃었다. 그리고 그때 기정은 어렴풋이 느낄 수 있었다. 몇 초 전도 아니고 바로 지금, 그 약속했던 30분이 다 지나가 버린 것을. 더는 나의 몸이 있는 그곳으로 돌아갈 수가 없게 돼버렸다는 것을.


아마도 나는 누군가에 의해 숨이 멎은 채로 발견되겠지. 사인은 무엇으로 밝혀질까? 심장마비? 과로? 무엇이 됐든 남은 사람들이 조금이라도 덜 슬퍼해 준다면 좋겠는데. 이렇게 될 줄 알았으면 혹시 모르니 미리 유서 비슷한 거라도 쓰고 올 걸 그랬나. 그런 미련을 닮은 감정이 기정의 머릿속을 잠깐 스쳤지만, 그게 무엇이 됐든 별로 중요할 것 같지는 않겠다고 금방 결론 내렸다. 그것보단 여기에 다른 누구도 없이 덩그러니 남은 우리 두 사람의 미래가 훨씬 중요하다고.

"선인장 가져왔으면 좋았겠다. 그거 하나만 있어도 집이 안 허전할 것 같아."

"잘 간직하고 있었어? 아직 안 죽었어?"

"응. 사실 창문에 두고 잊어버렸는데 네 말대로 잘 안 죽더라. 뭐라도 좀 가져올걸."

"괜찮아. 네가 있으니까."

그래. 뭐가 필요할까. 기정의 옆엔 혜진이 있고 혜진의 옆엔 기정이 있는데.
내 옆엔 네가, 네 옆에는 내가 있는데.
당신 없는 이 세상은 정말 아무 의미도 없어.
그리고 이제는 절대 당신을 잃지 않을 거야.

그런 말을 끝없이 주고받으며, 둘은 그렇게 꿈속에서 영원히 머물렀다.

3장

천사들의 어머니

해가 뜨면 우체부들은 부지런히 자기 구역의 혈관처럼 뻗친 골목들을 오간다. 그러면서 날라야 할 것들을 나른다. 마치 적혈구처럼 빨갛게 물든 오토바이를 타고 다니면서.

골목의 막다른 길에 다다를 때쯤 나오는 집이 하나 있다. 단독 주택이긴 하지만 부유한 느낌이나 위엄 같은 것을 풍기지는 않는 오래된 주택이다. 다른 집에 등기우편을 배달할 때는 초인종을 누르지만, 꼭 이 집에 우편을 전달할 때 집배원은 초인종 대신 목소리를 높인다. 이 집은 집주인이 거의 항상 마당에 나와 있기 때문이었다.

"이강금 씨 계세요? 이강금 씨!"

"이강금이 여기 있어요."

아니나 다를까 이번에도 주인은 마당에 나와 있었다. 나이가 있는 여자 목소리가 들려오니 집배원은 살짝 미소 지으며 가방에서 우편 봉투를 꺼내 들기 시작한다. 이윽고 문이 열리고 그녀가 집배원을 향해 얼굴을 내밀었다. 군데군데 머리는 하얗게 세고 얼굴에는 세월의 흐름이 새겨져 있지만, 전체적으로 보았을 때는 탄탄한 느낌이 있어 건강한 기운을 뿜는 고령의 여인이었다.

"무슨 등기서류가 이렇게 자주 많이 와요?"

"다른 집도 다 이만큼은 받습니다."

"아니야, 아니야. 내가 혼자 살아서 더 많이 받는 거지. 같이 사는 사람 있었으면 그 사람도 좀 받아주고 했을 텐데."

집배원은 어떻게 반응해야 할지 몰라 그저 작게 웃어 보인다. 여자가 주머니에서 귤 하나를 꺼내 건넨다.

"이거 하나 먹어요. 지금 얼른."

"배달 중인데…."

"여기까지 온 거면 급한 건 다 끝난 거지 뭘."

"그렇긴 해요. 잘 먹겠습니다."

집배원이 손을 털며 먼지 터는 시중을 하고는 귤을 받아 든다. 귤껍질이 부드럽게 벗겨지고 이윽고 잘 익은 귤 과육이 드러난다. 집배원은 그것을 큼지막하게 떼어 입으로 넣고는 시선을 옮긴다. 노부인의 뒤로 슬쩍 열린 철문. 그 건너편에 보이는 건.

대단하지도 호화롭지도 않은 옛날의 단독주택이었다. 굳이 장점을 따지자면 넓은 정원 정도일까. 정원에는 넓

게 잔디가 깔려 있어 온통 푸른. 가만. 푸르기만 한 게 아
닌가?

자세히 보니 푸르기만 해야 할 잔디밭이 푸르기만 하
지 않았다. 잔디 중간중간에 갈색도 검은색도 흰색도 있
었다.

"저게 뭘까요?"

"뭐가요?"

강금이 뒤를 돌아본다. 그리곤 곧바로 이렇게 말한다.

"아, 우리 집 개들. 집에 개가 좀 많이 살아요."

그녀는 더 제대로 봐도 된다는 듯이 반쯤 닫혀 있던 문
을 밀어 완전히 열어젖혀 주었다. 집배원은 남아 있는 귤
을 입에 털어 넣으며 고개를 더 앞으로 쭉 빼다 못해 아
예 문 안쪽으로 몇 발짝을 옮겨 정원을 들여다보았다. 정

말이었다. 하나, 둘, 셋, 넷…. 못해도 여섯 마리는 되어 보이는 크고 작은 개들이 정원 곳곳에 있었다.

"아.. 그렇구나…."

그런데 뭔가 좀 이상했다. 응당 개라면 기껏, 그리고 정원에 나와 있다면 더더욱 자기들끼리 정신없이 뛰어 놀아야 정상인데 그 개들은 필요 이상으로 조용하고 움직임도 별로 없었다. 대부분 그 자리에 누워 낮잠을 자고 있거나 풀 냄새를 맡는 것이 전부였다. 집배원은 참다못해 강금에게 물었다.

"그런데 좀 특이하네요. 개들이 신기해요. 너무 조용하달까. 선생님이 점잖으셔서 그런가."

그러니 강금은 작게 웃으며 손사래를 쳤다.

"아니아니. 그럴 리가요. 얘네 다 할아버지 할머니들이라서 그래요. 얘네 중에 열 살 안 넘은 애가 없어요.

사람으로 치면 일흔 넘은 애도 있고 여든 넘은 애도 있고…."

집배원은 그제야 자기가 너무 생각이 짧았다는 것을 깨닫고 이마를 짚는다. 그리곤 멋쩍게 웃으며 쉬고 있는 개들을 향해 고개를 숙였다.

"아이고, 그러십니까들."

그녀는 그런 집배원을 보며 마찬가지로 웃고 두 사람은 몇 마디의 안부 인사를 조금 더 주고받고는 다시 각자의 일상으로 돌아갔다. 집배원은 남은 일을 위해 우체국으로, 강금은 정원에서 주인을 기다리고 있는 나무 의자로.

강금이 의자에 앉아 가볍게 손짓하니 개들은 마치 그 신호만 기다렸다는 듯이 각자의 자리에서 몸을 일으켜 그녀가 있는 곳으로 모여들었다. 천천히 하지만 반갑게. 그녀는 조그만 복주머니를 열어 간식을 몇 알 꺼내 그들에게 하나씩 나눠주었다. 개들은 그것을 아주 느리게 받아서 먹었다. 강금이 담 저 너머 어딘가를 응시하며 말했다.

"날씨 참 좋다."

그러자 개들이 그녀의 말을 알아듣기라도 한 것처럼 강금의 시선을 따라 먼 곳을 응시한다. 느리지만 평화로운 하루였다.

늙은 개들의 성녀 또는 담임선생님, 견공 간병인 등, 강금을 둘러싼 여러 이야기가 있었지만, 강금은 그런 것 따윈 신경 쓰지 않았다.

맨 처음에는 그런 강금의 입양 패턴에 노골적인 호기심을 품는 사람도 많았다. 아무리 유기견 보호소라지만 그래도 어리고 예쁘게 생긴 애들도 많은데. 왜 강금은 살날이 얼마 남지 않은 개들만 입양해 가는지에 관하여. 한번은 누가 그걸 그녀의 면전에 대고 직접 물어보기에 그녀는 아주 덤덤하게 이렇게 답했었다.


"얘들도 다 배고파할 줄 알고 추위도 타고 감정도 있는 애들인데, 나이까지 들고 몸도 예전 같지 않으면 또 얼마나 슬프겠어요. 그러니까 남은 삶만큼은 최대한 행복하게 살 수 있게 해줘야지. 내가 비슷한 처지니까 도와줘야지."


물론 처음엔 한 마리만 데리고 올 생각이었다. 토미라는 이름의 한쪽 다리를 심하게 절고 있던 검은색 개였다.


어쩌다 봉사활동을 하게 됐고 하필 그 장소가 애견 보호소였다. 그리고 토미는 어쩌다 눈에 걸린 개였다. 애견 보호소의 생태계에 관해서는 아무것도 아는 게 없었던 강금에게는 이 개나 저 개나 모두 귀엽기만 한 개들, 그리고 전부 다 똑같이 불쌍한 개들이었다. 그러니 순서는 다를 수 있어도 전부 다 누군가가 데려가기는 할 거라고.


사료를 옮기는데 옆에서 누군가가 토미를 바라보며

말을 꺼냈다. 보호소 봉사를 몇 번 다녀본 사람이었는지 움직임이 능숙했다.

"다른 애들은 모르겠는데 쟤는 불쌍하다는 생각부터 드네. 다친 데다가 늙어가지고."

강금이 물었다. 뭐가 그렇게 불쌍하냐고. 그랬더니 그가 강금의 얼굴을 보지도 않은 채로 얼른 대답했다. 저렇게 다친 데다가 늙은 개들은 입양한다고 하더라도 얼마 못 살기가 쉽기 때문에 사람들이 데려가려 하지 않는다고. 그러므로 이곳에서 며칠 더 지내다가 안락사를 당하고 말 거라고. 그렇군요, 강금은 고개를 끄덕이며 토미를 오랫동안 쳐다봤다.

봉사를 마치고 집으로 가는데 눈물이 났다. 이유가 명확하지 않은 눈물이었다. 명확한 것은 하나였다. 그녀가 우는 이유는 다른 무엇도 아니고 토미 때문이었다. 아닌 게 아니라 봉사를 마치고 버스에 올라 집으로 돌아오는 내내 토미의 모습만이 머리를 맴돌고 있었으니까. 그래서 다짐한 거다. 늙고 다친 그 개. 토미를 내가 데리고 와야겠다고. 어쩌면 토미의 모습에서 다른 무언가 또는 누군가의 모습을 함께 보기라도 했던 거였을까.

얼른 버스에서 내려 길을 건너 반대 방향으로 가는 버스에 몸을 실었다. 그리곤 다시 보호소로 돌아가 토미를 입양하겠다는 의사를 전했다. 오래되긴 했지만 그래도 예전에 개를 키운 적이 있었으니 분명 잘 보살필 수 있을 거예요. 의기양양하게 말하면서.

하지만 충동적으로 내린 결정이었다 보니 모르는 것도 장애물도 준비해야 할 것도 많았다. 더군다나 토미는 보통의 개가 아닌 나이도 들고 몸과 마음 곳곳이 다친 특별한 개였으니까. 마흔 무렵에 부모가 세상을 떠나며 남긴 유일한 유산인 집에 마침 넓은 정원이 있다는 점은 다행이었지만, 그 외에는 개를 데려오기 위한 준비가 아무것도 되어 있지 않았다.

켄넬이며 사료며 안전 장비며, 거의 숨도 쉬지 않고 모든 것을 준비한 결과 겨우겨우 안락사 기한 전에 토미를 집으로 데려올 수 있었다. 이제부터 우리 둘이 같이 사는 거야. 강금은 집에 도착하자마자 토미의 눈을 보며 그렇게 말했다. 하지만 토미는 도대체 무슨 생각을 하고 있는지 모를 눈으로 강금의 눈을 빤히 바라보기만 했다.

토미는 쉽사리 강금의 집에 적응하지 못했다. 언젠가 주인에게 버림받았다는 기억과 새로운 환경에 대한 두려움으로 아무리 좋은 사료를 먹어도 한동안 구토와 설사를 하며 괴로워했다. 길거리와 보호소에서 얻어온 트라우마 때문인지 가벼운 산책도 자기를 위해 준비된 집도 두려워하기만 했었다.

하지만 강금은 자신을 보살피는 마음으로, 어쩌면 자신을 보살필 때보다도 더욱 깊게 토미를 보살폈고, 토미의 몸과 마음의 건강은 점점 나아져 나중에는 조금은 위태로운 모양새로나마 산책을 즐길 수도 있게 되었다.

토미가 편안함을 찾으니 강금의 나날에도 평화가 깃

들었다. 내가 아침에 눈을 뜨고 몸을 움직이고 때로는 땀을 흘리고 보람에 차서 다시 눈을 감는 일상 모두가 토미의 행복을 위해서 존재하는 것만 같았다.

그러다 보니 다른 개들을 생각하기 시작한 거였다. 만약 내가 늙고 다친 개들을 보살피는 것으로부터 소명을 느끼는 거라면, 어쩌면 토미만으로는 부족하지 않을까. 어쩌면 다른 녀석들도 나를 기다리고 있지는 않을까. 강금은 그러한 생각으로부터 좀처럼 벗어나지 못하는 스스로를 발견했을 무렵 다시금 보호소를 찾았다. 그리곤 감자와 크림, 연탄이를 차례대로 데리고 온 것이었다. 각각 작고 누렇지만 통통한 개, 희고 포슬거리는 털을 지닌 커다란 개, 주둥이 주변으로 검은 털이 난 삐쩍 마른 개들이었다.

생각했던 것만큼 큰 어려움은 없었다. 젊음을 바쳐 일해서 벌어둔 돈을 쓰지 않고 모아놓은 덕분, 이른 은퇴 이후에도 본인의 전공을 살려 소일거리 삼아 프리랜서로 번역 일을 놓지 않았던 덕분이 컸으며 부양해야 할 다른 가족도 없고 비싼 것을 욕망하지도 않았다. 그저 정성을 들여서 데리고 온 개들을 보살피고, 일일이 산책을 시키고 말하지 못하는 그들의 마음이나 요구사항을 잘 들여다보기만 하면 되었다.

그렇게 강금은 늙거나 아픈 개들과 함께 살기 시작했다. 그중 하나가 세상을 떠나면 깊은 슬픔과 애정을 담아 그를 보내주고 남은 사람으로 해야 할 도리를 다하기 위해 힘껏 그를 추억했다. 그리고 다시 그 빈자리를 새로운 개가 채우고, 다시 누군가가 떠나가면 다른 누군가가 새로이 그곳에서 살아가는 식으로, 그런 그들과 함께 삶을 살아가는 식으로 강금은 자신의 하루하루를 보냈다.

나는 왜 이렇게 사는 걸까, 문득 궁금해질 때도 있었다. 하지만 그때마다 떠오른 대답은 하나였다. 사람이 싫은데 또 혼자 살기에 생은 너무 고독해서. 사람으로부터 상처받고 사람의 무리로부터 환멸을 느낀 게 한두 번이 아니었으므로 혼자가 되기를 택했지만 혼자 살기에 세상은 너무 험난해서.

사랑이라고 믿었던 사람은 그녀가 그를 사랑했던 만큼 그녀를 사랑하지 않았고, 우정이라고 믿었던 사람들은 그녀만 배제시키고 새로 무리를 지어 다른 곳으로 향했다. 또, 그들처럼 당신을 버리지 않겠다며, 나는 다를 거라며 새로이 찾아온 사람을 죽음으로 떠나보낸 적도 있었다.

거짓말. 거짓말. 내 주변에 있는 사람들은 전부 거짓말투성이. 이럴 바에야 나 혼자 살겠어. 그렇게 결심하며 호기롭게 조용하고도 쓸쓸한 삶을 살기 시작했지만, 그것도 한두 해뿐이었다. 영혼 전체가 떨릴 정도로 참을 수 없는 고독 때문에 봄에도 여름에도 추위가 느껴지기 시작했다. 병뚜껑이 잘 열리지 않는다거나 짐이 너무 무거워 꿈쩍도 하지 않는다거나 하는, 다른 사람들이라면 그다지 크게 받아들여지지 않을 문제들에도 강금은 눈물을 흘리기 일쑤였다.

맨 처음 유기견 보호소로 봉사를 떠난 것도 그 때문이었다. 사람은 싫지만 온기는 필요해서. 조금은 비겁한 이

유이긴 하지만 잠깐이라도 너희들의 온기를 느끼고 싶어서.

그렇게 시작한 서로가 서로를 의지하는 늙은 개들과의 공생은 순조로웠다. 아침에 일어나자마자 개들의 밥부터 먼저 챙겨주곤 어쩔 수 없이 본인의 끼니도 챙겨 먹었다. 점심 이전까지 내키는 만큼 일을 했고 각자의 점심 식사 이후에는 한 마리씩 번갈아 가며 순서대로 산책을 시켜줬다. 나이와 덩치가 제각각인지라 자기들만의 좋아하는 산책 코스와 속도가 따로 있기 때문이었다. 하루에도 한참을 동네를 돌아다니다 보니 강제로 운동이 됐다. 그리고 저녁 식사 이후에는 자기도 모르는 새에 곯아떨어져 아침 해가 뜰 때까지 한 번도 깨지 않고 죽은 듯이 잠만 잘 수 있었다.

그런 방식으로 살아온 지도 어느덧 10년이 넘어가고 있었다. 그러는 동안 그녀의 곁에서 세상을 떠난 개도 수 없이 많았다. 맨 처음은 가장 먼저 온 만큼 토미였고 그 이후로는 연탄이, 감자, 크림이었다. 다음에도 꼬미, 포도, 위스키, 송이, 밀란 등등…. 나열하는 데에도 한참이 걸렸다. 못해도 열 마리는 훌쩍 넘겼으니까.

토미를 보냈을 땐 정말 많이 울었다. 그다음부터는 조금만 울었다. 안 울지는 않았다. 그저 잘 가라고. 나와 함께 있었던 덕에 잘 살다가 가는 거라면 그거로 됐다고 말해주면 됐다.

세상을 떠난 동물들이 어떻게 되는지에 관해서는 말이 많았다. 어떤 책에서는 나비로 다시 태어난다고 했고 인터넷에서는 무지개다리를 건넌다고 했다. 강아지는 강아지 별로 간다고 했고 고양이는 고양이 별로 간다고 했다. 뭐가 됐든, 강금은 그들이 어디에서 무엇을 하든 편안하고 행복하기만 하면 좋겠다고 생각했다.

그만두고 싶었던 순간도 있었다. 그렇게 불쌍한 개들의 엄마를 자처하면서 몇몇 사람으로부터 존경과 찬사의 말을 많이 듣기도 했지만, 반대로 조롱받거나 괴롭힘당하는 순간도 있었다. 세상에는 강금과는 다른 가치관과 생각을 갖고 사는 사람들이 당연히 많이 있었고, 강금이 하는 일을 존중하지 않는 사람들도 무척 많았으니까.

그래봤자 개들이라고 말한다거나. 저 멀리에서 제대로 알아들을 수조차 없는 모욕의 말을 뱉는다거나. 손가락질을 했다. 대낮부터 취해 있던 어느 취객은 안 그래도 나이가 들어 뼈가 약해진 아이에게 발길질을 해대기도 했었다. 강금은 지금 여기에서 내가 다치거나 죽더라도 아이만큼은 지켜야 한다는 생각에 필사적으로 녀석의 몸을 껴안았고, 그녀의 등 위로 몇 차례 발길질을 더 해대던 취객은 마침 골목에 나타난 다른 사람들의 인기척에 그곳을 황급히 떠났었다.

그럴 때마다 무척 힘들었지만, 그래도 그보단 개들의 행복이 우선이었기에 멈출 수는 없었다. 다시는 그 골목으로 발을 들일 수 없게 되어 다른 길을 빙빙 돌아서 가야 한다고 하더라도 산책을 거르지도 보살핌을 귀찮아하지도 않았다.

하지만 어떤 우울감은 어쩔 수 없었다. 개들의 존재가 아무리 각별한 위로로 다가온다고 하더라도, 강금에게도 인간이라면 어쩔 수 없이 품는 그런 부류의 우울감이 있었다. 존재 자체에서 오는 고독이나 앞으로의 삶에 관한 막막함 같은 것들. 내가 언제까지 이렇게 부지런할 수 있을까. 지금까지 보살펴온 아이들이 그러기도 했던 것처럼, 내게도 아픈 구석이 생겨서 하루아침에 나의 이러한 일상이 무너져버리는 건 아닐까 하는 두려움들까지.

그리고 오늘 문득, 벤치에 앉아 있던 강금은 이런 생각을 했다.

'그렇게 많은 죽음을 봐오긴 했지만, 내가 어떻게 죽게 될지는 정말 하나도 모르겠어. 과연 나는 어떻게 죽게 될까?'

대충 흔한 이유와 모양새로 죽겠지 뭐, 그렇게 생각하며 뿌리치려 해도 그 의문은 좀처럼 떠나지 않았다. 완두와 현미, 그리고 호두를 산책시키는 동안에도 자신의 죽음에 대한 생각에만 열중했다. 심지어 호두는 기다란 다리에 비해 무척 느린 속도로 걷는 아이였기에, 생각은 꼬리에 꼬리를 물고 이어지기만 했다.

나 좀 봐. 오늘따라 왜 이래? 산책에 집중하자. 집중. 혹시라도 오토바이가 달려와서 호두를 휙 쳐버릴 수도 있고 호두가 걷다가 멈춰서 볼일을 볼 수도 있으니까 집중하는 거야. 이 골목을 나서면서 오른쪽으로 나가면 문구점이 나오지. 문구점 지나서는 분식집 하나. 분식집 지나서는 시간을 잇는 전당포….

"시간을 잇는 전당포? 전당포?"

전당포가 있었나? 하는 생각에 강금은 발걸음을 멈췄다. 분명 낯선 이름이었고 낯선 모습이었다. 곳곳에 세월의 흔적이 물들어 있었지만 그녀의 직감은 틀리지 않았다. 치매에 걸리지 않은 이상 그녀는 매일같이 몇 번이고 그곳을 드나들고 있었으니 그곳에서 갑자기 보지 못했던 전당포를 발견하는 일은 도저히 말이 되지 않았다.

전당포 앞에는 커다란 개가 엎드린 채로 자고 있었다. 강금은 도대체 어떻게 된 일인가 생각하며 갸우뚱대고 있었지만, 그 개를 보고는 자기도 모르게 삐져나오는 웃음을 참을 수가 없었다.

"안녕, 넌 이름이 뭐야? 그렇게 졸려?"

잠들어 있는 개는 강금의 목소리에 천천히 눈을 뜨고는, 아주 천천히 꼬리를 흔들기 시작했다. 몸집으로 보나 반응하는 속도로 보나 강금의 개들만큼이나 나이가 든 모양이었다. 그리고 다시금 스멀스멀 고개를 드는 호기심. 맞아. 이런 개도 전에 여기에 없었어. 심지어 개인데. 큰 개인데. 내가 못 봤을 리가 없는데.

강금은 도저히 가시지 않는 호기심을 외면할 수 없어, 결국 그 전당포의 문을 살짝 열어 빼꼼 안을 들여다보았다. 전당포 안의 곳곳도 바깥의 그것만큼이나 낡아 있었다. 낡은 물건들과 가구들이 가득한 전당포였다. 안쪽에 앉아 있던 남자가 강금을 향해 인사를 건넸다.

"들어오세요. 원하신다면 데리고 있는 친구도 함께 들어오셔도 됩니다."

역시 애견인이라 다정하구나. 강금은 그렇게 조금은 긴장감을 누그러뜨리며 호두와 함께 전당포에 발을 들였다. 전당포는 밖에서 들여다봤던 것보다 조금 더 넓은 듯했다. 물건도 그제야 더 빼곡하게 들어서 있음을 알 수 있었다. 그렇게 구경을 하다가 문득, 강금은 벽에 적힌 어떤 문구들을 발견했다.

궁금한 것
알고 싶은 것
만나고 싶은 사람
갖고 싶은 것

무슨 말일까. 궁금하거나 알고 싶은 게 있으면 그게 뭐든 알려줄 수 있으며 갖고 싶은 게 있으면 그게 무엇이든 주고, 심지어 만나고 싶은 사람이 있으면 그 사람까지 다 찾아줄 수 있다는 말인가? 전당포의 허름한 모습을 봐서는 그다지 신뢰가 가지 않는 문구들이었지만, 그래도 재미는 있구나 싶었다. 안쪽으로부터 주인의 목소리가 들려왔다.

"뭔가 궁금한 것이라도 있는 표정이시네요."

"네?"

"그냥 왠지요. 혹시나 오늘따라 평소와 다르게 궁금한 게 있지는 않으셨나 해서."

아. 정곡을 찔린 기분. 강금은 조금 전까지만 해도 정말 하나의 질문으로부터 벗어나지 못하고 있었다. 나의 죽음은 어떨까. 어떻게 죽을 것이며 내가 죽을 땐 주변에 무엇을 두고 죽을 것인가. 정녕 혼자서 쓸쓸히 죽음을 맞을 것인가?

"별로⋯."

"편하게 말씀해 보세요."

"바보 같이 들릴 것 같은데."

"괜찮다니까요."

강금은, 그래. 사람이랑 너무 담쌓고 지내도 살기 피곤해진다. 대충 몇 마디라도 나눠보자. 연습 삼아 말해보자. 그렇게 생각하며 천천히 입을 떼기 시작했다.

"제 죽음이 어떨지가 궁금해요. 당장 죽을 거 같진 않은데요. 보시다시피 제가 너무도 홀몸으로 살고 있어서. 그게 문득 그런 게 괜히 궁금해지고 걱정도 돼서요. 바보 같죠?"

"전혀요. 당연한 궁금증이죠."

"당연하기까지 한 궁금증인가?"

"그럼요. 자신의 죽음을 궁금해하는 건 인간의 본능입

니다. 그리고 이곳에선 그 호기심을 해소해 줄 수도 있죠.
공짜는 아니지만."

이 사람이 지금 뭐라고 말하는 거야? 강금은 자기 앞
에 있는 사람은 그럴 나이가 아닌 것으로 보이는데 어쩌
면 자기보다 빨리 노망이 났나 해서 표정을 구겼다.

"내가 언제 죽을 줄 알고 그걸 미리 알게 해주는데?"

"다른 데선 말이 안 될지 모르지만, 여기서는 된답니다."

남자는 가만히 앉아 있던 몸을 일으켜 더 깊은 곳으로
저벅저벅 발걸음을 옮겼다. 그리곤 아주 조그만 용기를
하나 손에 쥔 채로 강금의 앞에 돌아왔다. 용기 안에는
알약이 한 정 들어 있었다.

"이게 뭐예요?"

"보고 싶은 사람이나 궁금한 장면 같은 것을 보여주

는 약이죠. 이걸 복용하고 삼십 분만 낮잠을 주무시면, 그 꿈 안에서 원하는 것을 만날 수 있을 겁니다."

"나한테 마약을 권하는 건가? 그렇게 안 봤는데 위험한 곳이네요 여기. 어쩐지 수상하다고 했는데."

"그럴 리가요. 약은 안전하게 댁으로 돌아가셔서 복용하셔도 좋고 이 이후로는 그 어떤 추가적인 거래도 하지 않을 것을 약속하죠. 믿거나 말거나. 판단은 손님에게 달려 있어요."

일단 받아는 둘까. 먹는 건 나중에 결정한다고 치고. 영 찜찜하면 버려버리지 뭐. 그나저나 이걸 이렇게나 진지하게 받아들이고 있다고? 미쳤군. 노망이 나긴 났네. 강금은 한숨을 쉬며 조용히 손을 내밀었다. 조금 전까지만 해도 가쁜 숨을 몰아쉬던 호두가 한결 차분해진 모습으로 그 모습을 지켜보고 있었다. 남자는 강금이 내민 손을 내려다보며 말했다.

"손님. 공짜는 아닌데요."

기가 차군. 얼만데? 들어나 보자. 남자는 그녀의 마음을 듣기라도 한 것처럼 말을 이어간다.

"돈으로 지불하실 필요는 없고요. 그냥 희생할 만한 것이면 무엇이든 좋습니다. 손님의 죽음을 미리 볼 수만 있다면 포기할 수 있는 가장 소중한 것이라면 무엇이든 지요."

자신도 모르게 헛웃음이 나왔다. 이 사람도 나도 점점이 웃기지도 않은 이야기를 진지하게 다루고 있다는 게 웃겼다. 아니면 진짠가? 이렇게까지 진지하게 말하는 걸 보면 이 사람도 믿는 구석이 있을지 모를 일이었다. 그래 내 한 번 더 어울려 주지. 그녀는 잠깐 생각했다. 대가로 지불할 만한 소중한 것이라….

별안간에 작은 털 뭉치 하나가 머리를 스쳤다. 강금이 토미를 만나기도 전에, 그러니까 삼십 대일 때 맨 처음

기르기 시작한 하얗고 조그마한 강아지였다. 정말 털 뭉치처럼 작고 하찮게 생겨서 이름마저도 뭉치였다. 강금이 입을 열었다.

"키우던 강아지에게 채주었던 목줄도 괜찮겠어요?"

"목줄이요?"

"네. 워낙 오래된 거라 다 헤졌지만, 그래도 소중하게 보관하고 있던 거긴 한데. 안 되겠죠?"

"안 될 건 없죠. 소중한 물건은 확실한가요?"

"네. 무엇이든 처음은 다 어설프고 애틋하잖아요. 지금은 강아지 수십 마리를 키우고 눈 감을 때까지 사랑한다고 말하지만 그땐 아주 어설펐거든요. 미안한 게 많아요."

"그렇다면 얼마든 기다릴 테니 가지고 오시면 됩니다."

뭐 이런 사람이 다 있냐며 문전박대를 당할 줄 알았지만, 남자는 놀랍도록 흔쾌하게 강금의 말을 받아들였다. 삼십 년도 더 된 목줄인데. 서로 기 싸움할 때는 뭉치가 물어뜯어 버리기도 해서 진짜 꼬질꼬질해져 있는 건데.

하지만 그렇다고 해서 소중하지 않은 것이냐 하면 아니었다. 그 목줄은 정말로 강금에게는 소중하고 의미 있는 물건이었다. 뭉치는 부모님을 제외하고 그녀의 곁에 맨 처음으로 머물렀던 가족이었고, 처음이었기에 서툴렀고 그래서 미안하고 또 고마웠던 존재였기 때문이다. 뭉치가 떠나고 오랜 세월이 지나 토미를 만나고 다른 늙은 친구들을 만나고 나서도 뭉치를 향한 마음은 늘 애틋하고 복잡하기만 했다. 그래서 그 목줄을 버리지 못했다.

"그럼 잠깐만 기다리세요. 갖고 와볼게요. 직접 보시고 별로다 싶으면 무르셔도 되니까."

"그럴 리는 없겠지만, 알겠습니다."

    뭉치와의 추억이 깃든 목줄을 대가로 건네기로 결심
했다.

    뭉치와의 그 시절은 물론 좋았지만, 생각해 보면 그 시
절의 강금은 아주 어린 강아지만 좋아했었던 것 같다. 그
래서 아주 어리고 혈통이 있는 강아지를 고르고 고른 게
바로 뭉치였다. 그건 오늘날의 내 가치관과는 많이 달라
져 있었기에. 무엇보다도 개의 탄생보단 죽음이 더 중요
해진 지금에 와서는 그때의 감정을 털어버려도 좋을 것
같았다. 이런 이유에서라면 뭉치도 강금을 이해해 줄 것
같았다.

    집으로 돌아가니 호두를 제외한 녀석들 모두가 문 앞
에서 강금을 기다리고 있었다. 그렇게나 기다렸냐고 말
했지만, 자신만큼이나 저녁 식사를 기다리고 있었다는
것을 알고 있었다. 그녀는 각자의 사료 그릇에 정해둔 만
큼의 사료를 부어주고는 조금은 서둘러 방 안으로 들어
가 서랍을 열어보았다. 거기에 무사히 뭉치의 목줄이 있
었다. 강금은 그것을 주머니에 넣고는 다시금 마당으로

나와 자신의 개들에게 인사를 건넸다.

"엄마 잠깐 요 앞에 갔다 올게."

개들은 밥을 먹다가 말고 평소와 다르게 혼자 외출을
하려 하는 강금을 조금은 의아하게 쳐다봤지만, '금방 오
겠지'와 같은 눈빛으로 다시금 밥을 먹었다.

전당포가 있는 곳을 향해 가면서 계속해서 뭉치를 생
각했다. 주머니 안에서 까끌까끌하면서도 부드러운 목줄
이 만져지고 있었다.

뭉치를 만난 그 시절은 강금에게 무척 힘들었던 시기
였다. 사람으로부터 얻은 상처들로 마음이 만신창이였
다. 이대로는 못 살 것 같다는 생각과 그냥 죽어버려야겠
다는 생각이 들 정도로 그녀는 벼랑 끝에 다다라 있었다.

그날도 강금은 죽음을 생각했었다. 확 강물에 몸을 던
져버려야겠다. 그렇게 생각하며 낯선 밤길을 걷고 있었

다. 그렇게 불 꺼진 주택가와 상가를 가로지르는데, 저 앞에 아직 불이 밝혀진 가게가 하나 있었다.

무슨 가게인가 싶어 지나가며 흘겨봤는데, 다름 아닌 애견 분양 샵이었다. 창가 쪽에 늘어선 쇼케이스들에는 각각 태어난 지 한 달도 안 돼 보이는 강아지들이 꼬물꼬물 놀고 있거나 곤히 자고 있었다.

천사 같았다. 이것들 중 하나와 함께라면 며칠 더 살아보고 싶겠구나 생각이 들 정도로.

조금은 갑작스럽지만, 강금은 그렇게 죽으러 나온 길에 뜬금없이 강아지 한 마리를 분양받아 돌아온 것이었다.

강금과 뭉치는 서툴게나마 함께 괜찮아지고 또 성장했으며, 일 년씩 나이를 먹어갔다. 그리고 그 여정을 따라 때를 맞은 뭉치는 세상을 떠나고, 강금이 홀로 남아 나이를 먹어가다가 다시금 주변에 늙은 개들을 두게 된 것이었다. 그러니 어쩌면 강금이 늙고 병든 개들을 보살피는 것은, 죽음을 생각했던 강금을 계속 살게 해준 그 시절의 뭉치에 대한 보은과 같은 마음가짐일지도 모를 일이었다.

뭉치를 추억하다 보니 어느덧 전당포 앞이었다. 해가 지면서 날이 쌀쌀해져서인지 전당포 앞을 지키던 커다란 개는 보이지 않았다. 주인이 어딘가로 데리고 들어간 모양이었다. 강금은 조금은 아쉬운 마음으로 문을 열고 가게 안으로 들어갔다. 남자가 전과 다름없이 반듯한 자세로 앉아 있었다. 강금이 다가가 주머니에 있던 목줄을 그에게 보여주었다.

"이건데요. 되게 낡긴 했죠."

"이거군요. 어떻게. 거래하시겠습니까?"

"이거로 괜찮겠어요? 진짜?"

"소중한 물건이라고 하셨잖아요? 그거면 됐습니다."

이미 결단은 내린 뒤였다. 강금은 괜히 긴장되는 마음으로 침을 꿀꺽 삼키며 목줄을 남자가 마주한 선반에 올려두었다. 남자는 흰색 면장갑을 손에 끼우고는, 아주 조심스레 그것을 집어 들어 아래쪽 어딘가의 서랍에 넣어두고 조금 아까 보여주었던 알약을 강금에게 내어주었다.

"집에 가셔서 물과 함께 복용하시고 편하신 곳에 누우시면 됩니다. 낮잠 시간은 삼십 분, 그 시간 안에 원하는 사람이나 궁금했던 진실을 만나볼 수 있습니다. 그게 미래의 일일지라도요. 단, 삼십 분 안에 낮잠에서 깨어나지 못할 시에는 영원히 그곳에 갇히게 됩니다."

침을 한 번 삼키는 남자.

"그게 혹 죽음이라고 할지라도요."

강금은 진지한 그의 태도에 함께 겁을 집어먹어, 마찬가지로 침을 꿀꺽 삼키며 그것을 집어 들었다. 웃기는 사람이시네요, 라는 말과 함께. 하지만 남자는 그런 강금에게 조금도 웃는 얼굴을 보여주지 않았다. 분명 아까는 서글서글 잘 웃던 사람이었는데.

알약을 받고 집으로 돌아오는 길에도 돌아오고 나서도 미쳤다는 말만 속으로 되풀이했다. 아무리 사람들과 떨어져 살아서 세상 물정을 모른다고 할지라도 살아온 세월이 있으니 이게 정상적인 거래가 아닌 것을 잘 알고 있었다. 하지만 저 낡은 목줄을 거래의 대가로 받은 것을 보면 돈을 노리는 것은 아닌 것 같았으므로, 정말이지 무슨 꿍꿍이인지를 알 수가 없었다.

밤은 다가오고 있었고 개들은 전부 이른 잠자리에 들거나 작은 소리로 틀어둔 TV를 바라보고 있었다. 강금은 침실에 앉아 손을 내려다보고 있었다. 믿어볼 것인가 말 것인가. 나의 죽음을 볼 것인가 말 것인가. 내 죽음이 정말 평화로운 죽음이라면 다행이라고 생각해야 할까. 반대로 혹 나의 죽음이 비참하기 그지없는 죽음이라면 나는 무엇을 할 수 있는 걸까. 지금이라도 사람을 곁에 둔다면 그 미래가 조금 달라질까. 그와 같은 두려움이 엄습했다.

하지만 두려움만큼 커다란 호기심도 있었다. 정말 죽음 이후의 시간이 있을까. 내가 죽고 나면 나는 어디로 갈까. 정말 영혼이라는 게 있다면, 내 곁을 떠난 아이들에게도 영혼이 있었다는 말이 될 텐데. 어쩌면 그 아이들을 만나게 될 수도 있는 것 아닐까. 편안한 죽음이든 외로움 죽음이든 죽음 이후에도 이야기가 이어진다면. 정말로 영혼이 있는 거라면.

약을 조용히 입에 머금고 미리 떠다 놓은 물을 약과 함께 삼켰다. 그리곤 이불을 덮지 않고 그저 몸만 침대 위에 반듯하게 눕혔다. 이불을 포근하게 덮고 깊은 잠에라도 빠져버린다면, 그리고 혹여라도 전당포 사장의 말이 진짜라면, 그래서 삼십 분 내로 깨어나지 못한다면, 그만큼이나 허망한 결말도 없을 테니까.

코가 근질근질, 손발이 저릿저릿한 듯하더니 침대에

녹아드는 것처럼 하염없이 잠이 오기 시작했다. 강금은
그렇게 죽음처럼 깊은 잠에 빠졌다.

　그렇게 잠에 빠진 지 몇 초쯤 지났을까. 강금은 강금을
내려다보고 있었다. 강금이 보고 있는 강금은 익숙하기
그지없는 침대, 조금 전까지도 앉아 있다가 몸을 누인 그
침대에 누워 있었다. 뭘까. 어떻게 된 걸까. 그냥 지금의
나를 보여주는 건가 잠깐 생각하기도 했지만, 강금이 내
려다보고 있는 또 다른 강금은 지금의 그녀가 아니었다.
조금 전에 침대 위에 깔려 있었던 것과는 다른 색깔의 이
불, 한 번도 사 온 적 없는 낯선 이불이 깔려 있기 때문이
었다. 아마도 나중에 저런 이불을 사려나 보구나. 강금은
그렇게 생각하며 미래의 그녀 스스로를 내려다보았다.

　미래의 강금은 자세히 보니 지금의 강금과 달랐다. 조
금 더 몸이 작아진 듯했으며 곳곳에 주름도 더 많았다.
머리는 완전히 하얗게 세 있었고 제대로 스스로를 보살
피지 못하고 있는지 입은 옷 곳곳이 낡아 있거나 얼룩져
있었다.

아주 편안하게 잠들어 있는 줄 알았으나 그게 아니었다. 가쁜 숨을 쉬고 있었다. 아무래도 어딘가가 불편한 모양이었다. 죽음을 앞두고 있으니 편안하기를 바라는 것 자체가 사치겠지. 바깥에서 바람이 세게 부는지 창문 흔들리는 소리가 들렸다. 창문 흔들리는 소리와 가쁜 숨소리가 뒤섞여 분위기는 어수선한데 문을 열고 들어와 주는 사람 한 명 없다. 아니 애초에 문은 열려 있었지만 거기엔 누구도 서 있지 않았다.

"이럴 줄 알았지."

정말 이럴 줄 알았다. 지난 몇십 년을 혼자서 살아왔는데 그게 죽는 순간이라고 다를 리는 없었다. 어렴풋이 예상했던 대로 나는 이런 외로운 죽음을 맞는구나. 나는 며칠이 지난 뒤에 누구에게 발견될까. 그 모습이 너무 더럽거나 추하지는 않았으면 좋겠는데.

그렇게 온갖 것들을 혼자 생각하면서 자신의 얼굴을 내려다보고 있는데, 뭔가 좀 이상했다.

아무리 늙은 개들이라고 하더라도 주인이 이렇게까지 불편한 기색을 내비치면 누구 하나라도 와서 자신을 들여다볼 법도 한데, 실제로도 그런 애들이 한두 마리는 되었는데 그 어떤 녀석도 자신의 방 안에 들어와 보지 않는 것이었다.

이상하다 싶어 거실로 나가보니, 거기에는 놀라울 정도로 고요한 정적만 흐르고 있었다. 거실 곳곳에 자리를 꿰차고 잠을 청했던 녀석들이 보이지 않았다.

아. 그렇구나.
그래도 아이들보다는 내가 늦게 떠났구나. 다행히 녀석들은 다 보내고 가는구나 내가.

나의 몸을 가장 잘 아는 사람은 어쩔 수 없이 나였을 테니, 해를 거듭할수록 몸 군데군데가 병들어가는 것을 느꼈을 것이다. 그리고 어느 한순간을 즈음해서 생각했을 것이다. 머지않은 미래에 나는 개조차도 돌보지 못할 정도로 약해지겠구나, 그리고 또 얼마 가지 않아 세상을 떠나게 될 수도 있겠구나.

'그러면 그때 내 곁에 남아 있는 개들은 어떻게 하지?'

아마 미래의 강금은 그런 생각을 했을 것이고, 자신이 떠난 곳에 남은 개들을 보살펴 주지 못하게 되는 비극, 그러니까 버려졌던 아이들을 본의 아니게 한 번 더 버리게 되는 비극을 결코 만들어서는 안 된다고 다짐했겠지. 그러므로 새로운 개를 데려오는 일을 멈췄을 것이고. 남은 개들만 한 마리 한 마리씩, 정성스레 보살피다 보내주었을 것이고.

그건 꽤 강금다운 합리적인 생각이었지만, 동시에 꽤 서글픈 현실이었다. 주위에 어떤 사람도 없는 죽음은 예상했었지만, 사랑해 마지않는 녀석들조차 없는 죽음은 사실 상상조차 해본 적 없었는데. 내가 생각이 짧았구나. 혼자 죽는다는 건 생각했던 것보다도 슬픈 일이구나.

거실을 천천히 거닐던 강금은 다시금 그녀의 침실로

돌아와 누워 있는 미래의 강금을 내려다보았다. 기분 탓인지는 몰라도 조금 전보다 호흡이 빨라진 것 같았다. 너는 과거의 내가 너의 죽음을 지켜봐 주는 마지막 한 사람이라는 걸 알고 있을까. 안다면 조금이라도 네가 덜 외롭고 비참할까. 생각하니 별안간에 눈물이 났다. 좀처럼 울지 않는 성격이 된 줄 알았는데.

빨라지던 호흡이 잦아든다.

다시 호흡이 돌아오는 건가? 당장 죽는 건 아닌 건가? 그렇게 생각하려던 찰나 깨닫는다. 아니구나. 멈출 준비를 하는 거구나. 여전히 눈은 감고 있다. 잠들어 있는 거니 아니면 눈을 뜰 기력조차 없는 거니. 그나마 자고 있는 거라면 좋을 텐데.

잦아들다가 느려진다. 느려지다가 곧 멈춘다. 그렇게 끝.

언제일지도 모르는 미래의 강금은 그렇게 죽음을 맞는다. 이거였구나. 이런 식으로 죽는 거였구나.

"이렇게 끝인 건가? 돌아가면 되나?"

그렇게 혼잣말하는데, 갑자기 누워 있던 강금의 몸이
딱 한 번, 조그맣게 움찔거리는 것이 보였다. 그리고 하얗
다고 해야 할지 투명하다고 해야 할지 모르겠는 빛의 줄
기 같은 것들이 강금의 몸 곳곳에서 피어오르기 시작했
다. 이게 바로 사람들이 말하는 영혼이라는 걸까. 영혼이
라면 좋겠다고 생각했다. 죽은 내가 영혼이 된다는 건, 지
금까지 떠나보낸 아이들에게도 전부 영혼이 있어 어딘
가로 가긴 갔다는 뜻이 될 테니까. 그렇게 아이들의 미래
가 계속되긴 했을 거라는 뜻일 테니까.

빛줄기들은 아주 가늘게 그리고 촘촘하게 강금의 몸
위에서 춤추는 듯 일렁이다가, 이내 하나로 뭉쳐져 완벽
하게 동그란 공 모양이 되어 둥둥 떠올랐다. 그리곤 서서
히 그를 바라보고 있는 강금에게 다가오기 시작했다.

처음에는 두려워서 뒤로 물러섰지만, 이내 그 두려움
은 가셨다. 어째 친숙한 기운이 느껴져서 그저 그게 내게

가까이 오도록 두었다. 빛의 구체는 강금의 품에 천천히 닿더니, 다시 가느다란 실의 형태로 쪼개져 강금에게 스며들기 시작했다. 그와 함께 강금의 시야는 환해지고 주변에 있었던 집의 풍경은 붕괴되어 갔다. 익숙한 침대와 창문, 비스듬히 보이는 침실 바깥 거실의 모습 같은 것들이 뭉개지고 눈앞은 점점 노랗고 하얘지기만 했다.

그리고 순간이었다. 온통 하얘지는 것이 단순한 빛의 침범인 것으로만 여겨졌었는데, 그 빛이 그녀가 발붙인 공간 그 자체가 되어버린 것은. 강금은 온통 하얗고 광활한 공간에 서 있었다. 바닥도 하늘도 저 멀리도 하얗기만 했다.

"여기가 죽으면 오는 곳인가 보구나. 하지만 정말 너무할 정도로 아무것도 없네."

다른 사람들의 하늘나라는 조금 다를까. 나의 하늘나라는 나의 하늘나라라서 이렇게 쓸쓸하고 하얗기만 한 걸까. 죽음이라는 거 참 별로다.

생각하려는 찰나. 어떤 소리가 들린 듯싶었다. 잘못 들은 걸까. 귀에 온 신경을 기울여본다. 다시 들린다. 저건 무슨 소리였더라.

고개를 들어 소리의 근원지를 바라보니 저 멀리에서 무언가가 꿈틀거리는 게 보였다. 너무 멀고 너무 작아서 무엇인지를 바로 알아보기는 힘들었는데.

강아지였다.

강아지 한 마리가. 아니 그 옆에 다른 강아지도. 다시 그 옆에 까맣고 하얗고 갈색에 그 모든 색이 뒤죽박죽 섞인 강아지들이. 무리를 지어 짖으며 이곳으로 달려오고 있었다. 그리고 강금은 단번에 알 수 있었다. 아이들이었다. 다른 사람은 너무 멀어서 못 알아챌 수 있어도 강금은 내 아이들이라서 알 수 있었다. 알아야만 했다. 모를 수가 없었다.

"너무 빨리 뛰지 마. 다친다."

강금이 그렇게 울먹이면서 소리를 지르는 둥 마는 둥 했지만 녀석들은 속도를 늦출 생각이 없어 보였다. 하긴 울면서 한 말이니 들릴 리가 없었다. 그리고 그녀 역시 네 발로 뛸 수만 있다면 그쪽을 향해 똑같이 달려가고 싶은 마음이었다.

아이들은 살아 있을 때와는 다르게 무척 빠르게 달려왔다. 아무래도 한 번 죽음으로써 이전의 불편했던 부분들도 싹 다 나은 상태가 된 모양이었다. 이윽고 녀석들이 코앞까지 가까워지고, 강금은 녀석들이 동시다발적으로 안겨 오는 바람에 중심을 잃고 뒤로 넘어가 버리고 말았다.

보고 싶었어. 보고 싶었어 정말. 좋아 보여서 다행이다 얘들아.

녀석들은 자기도 같은 마음이라는 듯 누워 있는 강금에게 얼굴을 비비고 손등을 핥아댔다. 몇몇은 서러울 만큼 보고 싶었던 모양인지 서글프게 낑낑 소리를 내기도 했다.

"나이도 먹을 만큼 먹은 것들이 왜 이렇게 칭얼대."

그녀는 한 마리씩 정성을 들여 녀석들을 쓰다듬으며 이름을 기억해 내기 시작했다. 감자야 안녕. 호두 너도 안녕. 그렇게. 너도 여기에 있었네. 우리도 안 본 지 참 오래됐다. 그런데 토미는? 니들 토미는 어디 있는 줄 몰라?

아이들은 기뻐서 팔짝팔짝 뛰다가 강금의 물음에 일제히 움직임을 멈췄다. 그리곤 그녀를 빤히 바라보기만 했다.

"왜? 토미는 못 봤어? 토미는 여기에 없어?"

왜 토미는 없지. 토미는 다른 곳에 가기라도 한 걸까. 여기까지 와서 못 보면 너무 슬플 텐데….

그때 저 멀리에서 개 짖는 소리가 들려온다. 내다보니 토미로 보이는 크고 검은 개가 아주 천천히 이쪽으로 다가오고 있었다. 다리를 다쳤던 게 하늘나라에 와서도 불

편하게 남은 걸까. 순간 마음이 아팠지만 그런 건 아니었다. 걸음걸이는 정상이었다. 그런데 왜 저렇게 느리게 움직이지?

다시 개 짖는 소리. 하지만 조금 전의 것보다 훨씬 약한 소리다.

"너였어. 너였구나."

토미의 옆에서 아주 작고 하얀 털 뭉치가 토미와 함께 아장아장 걷고 있었다. 토미는 다리가 짧아 느린 뭉치와 속도를 맞춰 오고 있던 것이었다.

너도 있었다는 걸 잊고 있었어. 미안해. 미안해 뭉치야. 그땐 내가 너무 어려서 너를 잘 보살피는 법도 모르고. 그래서 많이 힘들었을 텐데도 나는 나 힘들어하기에만 급급해서. 강금은 눈물을 펑펑 흘리며 뭉치를 몇 번이고 껴안고 쓰다듬었다. 뭉치는 아주 오래전의 그 모습 그대로 순하고도 예쁘게 강금을 향해 웃어 보이고 있었다.

죽어서 단 한 마리라도 다시 만날 수 있다면 좋겠다고 생각했었는데. 이렇게 다 만나게 되다니. 강금은 태어난 이후로 느껴본 감정 중 가장 격한 행복감에 휩싸였다. 가능만 하다면 언제까지고 이곳에서 이 아이들에게 둘러싸여서 시간을 보내고 싶었다.

'시간?'

전당포 남자의 말이 섬광처럼 스쳤다. 삼십 분 내로 거기에서 나오지 못하면 영영 그곳에 갇히게 된다는 말. 설령 그게 죽음이라고 할지라도.

두려움이 스쳤다. 하지만 눈앞의 것들은 내가 너무도 예쁘고 사랑해 마지않는 것뿐들이다. 강금은 삼십 분이고 나발이고, 이대로 이 아이들과 영원한 이곳에 머물고 싶다고 생각했다. 그녀가 아주 나긋나긋한 목소리로 말을 건넸다.

"이제 계속 여기서 나랑 있을까? 헤어지는 일도 없이

행복하게만 지낼까?"

다시금 일제히 움직임을 멈추는 녀석들.

"왜? 싫어?"

녀석들은 대답이 없다. 그저 미동도 없이 그녀를 바라
보기만 할 뿐이었다. 그러니 문득 강금의 눈앞에 선연히
보이는 것들이 있었다.

현실에 남겨두고 온 아이들. 그 아이들은 내가 없으면
안 될 텐데. 그 아이들이 지금 여기에 없는 걸 보면, 내가
다시 돌아가서 잘 보살펴줘야만 죽어서도 여기에 무사
히 도착할 게 아닐까 싶은데.

"그렇지? 그런 결정은 좀 별로지? 엄마가 다녀와야
겠지?"

그렇게 말하니 녀석들은 그제야 헤헤 웃듯 입을 벌리

고 혀를 내밀어 헐떡거린다. 정말 그랬다. 가끔은 신기할 정도로 사람보다도 개들이 더 지혜로운 순간들이 있었다.

"그래. 엄마 다시 가봐야겠다. 너희랑 있는 게 너무 좋긴 한데…. 그래도 나중에 다시 이렇게 달려와 주겠지?"

녀석들이 꼬리를 흔든다. 어르신들이라 그런지 떼쓰는 일도 없이 의젓하기만 했다.

"알겠어. 엄마 하던 일 좀 더 하다가 올게. 그때 행복하게 다시 만나자. 안녕 얘들아. 조금만 기다려 줘."

강금이 그 말을 꺼내자마자 새하얬던 주변이 서서히 어두워지더니, 그녀에게 더없이 익숙한 침실의 모습으로 변하기 시작했다. 그곳에는 낯선 이불도 바람 부는 창가도 죽은 미래의 강금도 없었다. 그저 현실의 더없이 익숙한 침실만이 있었다.

천천히 눈을 떴을 때, 강금은 이상한 기적을 느껴 주변을 둘러보았다. 침대 옆에서 현재의 강금이 보살피고 있는 호두를 비롯한 모든 아이들이 강금을 바라보고 있었다. 걱정된다는 듯한 눈빛이었다.

엄마가 걱정됐어요? 강금은 그렇게 말하며 천천히 몸을 일으켰다. 이상할 정도로 몸이 개운해지는 낮잠이었다. 기분도 몸을 따라 개운하기만 했다. 반나절 전까지만 해도 죽음을 고민하고 있었다는 것이 놀라울 정도로 옛날 일처럼 여겨졌다.

그래, 세상에 발을 붙여 살아있다는 것에는 별다른 의미가 없다.
그저 살아가면 되는 거지.
아끼는 사이끼리. 매일같이 서로 걱정하고 보살펴주면서.

바깥을 보니 어느덧 한밤이었다. 그러나 다시 잠자리에 들기엔 뭔가 아쉬웠다. 강금이 침실을 나서며 뒤를 돌

아보았다. 그리고 여전히 그녀만을 바라보고 있는 녀석
들에게 설레는 목소리로 말을 건넸다.


"밤 산책 갈 시간이야. 특별히. 누가 갈래?"

4장

해 걸린 소나무

토요일 낮 세 시. 남쪽의 어느 크지도 작지도 않은 지방 도시의 거리에서 한 여자가 터덜터덜 걷고 있다. 여자의 손에는 무언가 잔뜩 들어 있는 편의점 비닐봉지가 들려 있다. 그녀는 자각하지 못하고 있지만, 그녀의 옆을 스친 사람들은 하나같이 인상을 찌푸린다. 그녀의 옷과 머리카락에 아주 깊게 배긴 음식 냄새가 퍽 불쾌하게 다가왔기 때문이다.

하지만 그녀는 아랑곳하지 않는다. 집으로 돌아가는 발걸음을 재촉할 뿐이다. 오전 근무를 마치고 이제야 조금 숨이 트이던 참이었으니까. 안 그래도 힘들고 지치는데 냄새까지 신경 써야 하나 하는 억울함과 분노가 있었으니까. 억울하면 자기들이 피해서 가라지.

사실 그 냄새는 방향제를 뿌린다거나 해서 덮을 수 있는 냄새가 아니었다. 뷔페 아르바이트라는 게 그랬다. 여기에서 저기로 음식을 나르고 어떤 메뉴는 조리를 돕기도 하고, 설거지에 잔반 처리에 음식으로 할 수 있는 모든 일을 다 거치고 나면 좋으나 싫으나 여러 음식 냄새를 뒤집어쓸 수밖에는 없었다. 그 냄새는 처음에는 본인에게도 역겹게만 다가왔다가 이내 코가 마비되고 나면 자신의 체취인 양 익숙해졌다. 물론 그 냄새를 맡고 보여주는 사람들의 반응은 좀처럼 익숙해지지 않았지만.

그녀의 나이는 스물넷. 엄밀히는 스물넷쯤으로 '추정'됐다. 이름은 김진. 참고로 그녀의 '부모가 지어준 이름'도 아니었다.

이 김진이라는 여자는 어디에서도 환영받지 못하는 여자다. 누구에게나 화려한 시간을 보내다가도 초라해지는 순간은 있다지만, 진은 단 한 번도 화려한 시간을 살아본 적 없는 사람, 언제든 어디서든 초라하게만 지내온 사람이었다.

성인이 다 될 때까지 보육원에서 자라왔으므로, 그녀에겐 그 어떤 연고도 이렇다 할 뿌리가 되어주는 사람들도 없었다. 그럴싸한 취미가 없는 것은 물론 제대로 된 여행 한 번 제대로 가본 적이 없었으며 만나는 사람도 친구라고 할 만한 사람도 없었다. 조금이라도 누군가와 가까워지고 나면 자신에 관한 이야기를 해야 하는 시기가 오기 마련이었는데, 그때마다 스스로를 어떻게 설명해야 할지, 나를 누구라고 소개해야 할지를 정의 내릴 수 없었다. 물론 같은 보육원 출신인 아이들이 몇 있긴 했지만, 그들을 친구라고 부르기에도 좀 애매했다. 만나서 이야기를 해 봤자 시시하고 울적했던 시절만 떠오를 뿐, 유쾌해질 기회 같은 건 눈을 씻고 찾아봐도 없었으니까.

그러므로 그저, 일과 집, 집과 일, 다시 일과 집의 연속이었다. 월요일부터 금요일까지는 통근 버스를 타고 어느 식품 기업의 공장으로 가 생선 통조림을 만들었다. 균일한 소리를 내는 기계들 사이로 물고기가 가공되고 썰리고 통에 담기고 밀봉되는 과정을 보면서, 그리고 그 숨막히는 습기와 온도 속에서, 진은 꽤 자주 기절할 것 같은 위기감을 느꼈다. 생선을 싫어하는 것도 아니었고 비위가 약한 것도 아니었는데, 그곳에는 뭔지 모를 끔찍함 같은 것이 있었다. 마치 자기도 언젠가는 자기만의 독립된 통 안에 갇혀 백 년이고 만 년이고 고독하게 보관될 것만 같은 두려움. 고독함과 허무함이 뒤섞인 두려움이었다.

토요일과 일요일에는 시내까지 걸어나가 웨딩홀과 뷔페를 겸하는 곳에서 시키는 일이라면 다 했다. 결혼식에 돌잔치에 뭐 그렇게들 축하할 일이 많은지. 진은 행복이 녹아들어 있는 그러한 소음과 냄새들 속을 분주하게 뚫으며 음식을 옮기기만 할 뿐이었다. 결혼이든 출산이든. 그건 진이 상관할 바가 아니었고 앞으로의 진에게도 일어날 일이 아닐 것 같았으니까. 아니, 그런 일이 그녀의 삶에서 일어나지 않기를 바랐으니까.

집으로 돌아와서는 아무것도 하지 않았다. 식사는 퇴근길마다 편의점에서 내키는 것을 사 와서 해결했고 남는 시간에는 잠을 자거나 사실은 보고 싶지도 않았던 텔레비전을 틀어두곤 그것을 바라보기만 했다. 가끔 사람이 싫은 날, 그러니까 일도 고되고 인생도 지긋지긋하고 하여튼 내 주변에 있는 그 누구도 마음에 들지 않는 날, 원래도 그들을 향한 애정은 없었지만 오늘처럼 정말로 다 죽어버렸으면 싶은 날에는 소주를 사 와서 마셨다.

꾸미면 조금 봐줄 만할지는 모르겠지만, 평소에는 늘 거칠거칠해 보이는 피부와 표정. 가위로 아무렇게나 자른 듯한 애매한 길이의 머리카락. 화사함이라곤 찾아볼 수 없는 옷차림이 그녀를 더 초라하게 보이게 만들었지만, 그런 것들이 아니더라도 그녀는 그녀의 존재 자체만으로 한없이 깊은 초라함을 내뿜고 있었다. 하여 그 누구도 그녀를 살갑게 대하지 않았다.

그날도 그랬다. 자신을 아니꼽게 보는 사람들로부터 험한 꼴을 당해야 했다.

뷔페에서는 참 다양한 인간군상을 만날 수 있다. 남녀노소의 사람들이 다 모여서 먹고 대화하고 축하하는 일을 하는데, 그리고 그건 인간으로서 할 수 있는 지극히 당연한 일인데, 문제는 그곳에서 일하는 사람들은 정작 인간으로서 대우를 받지 못한다는 점이었다.

일은 점심 식사가 한창 진행 중일 때 벌어졌다. 진은 굉음에 가까운 사람들의 대화 소리를 뚫으며 분주하게 음식을 옮기고 바닥에 떨어지거나 식어버린 음식을 정리하며 이곳저곳을 누비고 있었다. 그리고 하필 그렇게 바쁠 때마다 사람들도 문제였다. 시선을 조금만 옆으로 옮기면 치킨이 있는데 치킨은 어디에 있느냐고 묻는 여자. 막걸리 같은 건 없다고 몇 번은 말했는데 집요하게 막걸리를 요청하는 어르신. 부모는 어디에 갔는지 괴성을 지르며 정신없이 뛰어다니는 아이들까지.

어떤 아이가 진의 몸을 만지는 것이 느껴졌다. 진은 흠칫하며 얼른 옆을 돌아보았지만, 그곳에는 음흉한 생각조차 하지 못할 정도로 너무도 어린아이가 서 있었기에

도로 긴장감을 거둘 수 있었다. 진이 애써 웃으며 아이에게 말했다.

"엄마는 어디에 있어요? 여기에 이렇게 서 있으면 위험한데."

아이는 순순히 손가락을 가리켜 자신이 있었던 테이블을 가리켰고, 진은 지금껏 옮겨왔던 음식만큼이나 가벼운 아이를 들어 올려 테이블에 데려다주었다. 테이블에 앉아 저마다 정신없이 떠들던 사람들이 진을 향해 웃어 보이며 감사의 말을 건넸다. 진도 그들을 향해 살짝 고개를 숙이고 다시 지긋지긋한 음식들이 있는 쪽으로 몸을 돌렸다. 그리고 뒤에서 들리는 작은 목소리들. 주애 어디 갔다 왔었어. 할아버지가 주신 용돈은?

"저기요. 잠깐만요."

진이 가던 길을 멈추고 다시 뒤를 돌아보았을 때, 거기에 있는 사람들의 표정은 조금 전의 호의 가득한 웃는 표정이 아니었다. 그들은 마치 바퀴벌레라도 보듯이 자신을 징그럽게 보고 있었다. 진이 애써 웃으며 대답했다. 필요하신 것 있으실까요?

"우리 딸이 그러는데, 딸 용돈이 그쪽한테 있다는데 확인 좀 해도 될까요?"

"네? 그게 무슨⋯."

"그러니까. 우리 딸이 갖고 있던 돈을 그쪽이 가져갔는지 확인해야겠다고요."

"그럴 리가요. 저는 그냥 따님께서 위험한 곳에 서 계셔서⋯."

아차, 싶은 감각. 진은 얼른 주머니에 손을 넣어보고 거기에선 낯선 것이 만져지고 있었다. 조금 전에 그 아이가 일하는 진의 몸을 만졌던 감각은, 돈을 내 주머니에 넣었던 느낌이었구나.

하지만 왜? 왜 내 주머니에 돈을 넣은 걸까? 아마 어린아이이니까 나를 일부러 골탕 먹이려는 악의적인 의도는 없었을 것이다. 또한 동시에 돈이, 이 종이 쪼가리가 갖는 의미 같은 것도 아직 알지 못했을 것이다. 그저 손에 이것들이 쥐어져 있었고, 자신의 눈높이에 돈을 넣고 싶은 구멍이 보였으니 욱여넣었던 거겠지. 하지만 이것을 어떻게 저들에게 해명할 것인가.

"이건…. 제가 뺏은 게 아니고요. 제가 일을 하다가 따님께서 제 몸을 만지시길래 무슨 일인지 모르고 있다가 지금 찾은 거예요. 정말이에요."

"지금 그 말을 믿으라는 거예요?"

"정말입니다. 이게 저도 말하면서도 제 말이 거짓말처럼 들릴 것을 아는데 진짜예요."

그 와중에 모든 사건의 발단이 되는 저 아이는 가족의 품에 안긴 채로 울어버리기 시작한다. 꼭 누군가에게는

'나는 지금 소중한 것을 빼앗겨버렸어요.'라고 말하는 것으로 해석될 수도 있는 표정으로. 가족들은 딸을 안아 달래기 시작하고, 그녀의 가족들은 그러는 와중에도 진을 벌레처럼 보는 일을 게을리하지 않았다.

소란은 점점 커졌으므로, 그 가족과 진의 주변으로 진의 동료 직원들도 하나둘씩 모여들기 시작했다.

"김진 씨, 무슨 일이에요. 뭐 잘못했어요?"

그들 중에는 매니저급의 직원도 있었다. 그가 가족에게로 다가가 고개를 숙이며 자초지종을 물었고, 가족은 자신들이 진실이라고 믿고 있는 전말을 그에게 말했다. 이내 매니저의 표정이 굳으며 진을 쏘아보기 시작했다. 진은 다시 고개를 가로저으며, 아니라는 말만 거듭할 수밖엔 없었다.

녹화된 CCTV를 돌려볼 수 있는 전산실로 가는 동안, 진의 주변에는 여러 목소리가 맴돌았다. 그러니까 보육원 출신 쓰지 말자니까 어디서 저런 걸 가져와서. 전부터 관상이 싸하긴 했어. 김진 씨 이게 사실이면 진짜 실망이다. 언니 소름 끼쳐요. 누나 진짜예요? 대박. 그 목소리 중 몇 개는 실제로 들은 것들이었지만, 다른 것은 진의 생각이 만들어낸 망령 같은 것들이었다. 하지만 억울함에 휩싸인 진에게는 어떤 말이 진짜이고 또 어떤 말이 거짓인지를 구분해 낼 만한 이성이 남아있지 않았다. 매니저가 여전히 차가운 표정으로 진을 쏘아보며 전산실의 문을 열었고, 진은 마치 정말 잘못이라도 저지른 사람처럼 움츠러든 자세로 그를 따라 들어갔다.

진의 '아동 현금갈취 소동'은, 가까스로 CCTV를 통해 아이가 스스로 저지른 일에 의한 해프닝으로 마무리지어질 수 있었다. 피해를 주장했던 가족들도 그녀에게 찝찝한 사과의 말을 건넸고 매니저와 다른 동료들 역시 '아니면 말고' 식의 말을 건넸지만, 이미 진의 마음은 만신창이가 된 후였다.

그러므로 마실 수밖에. 오늘 같은 날이 딱 그런 날이었

다. 사람이 다 싫은 날. 다 죽어버렸으면 좋겠는 날. 나한
테는 내 편이 있고 아무것도 모르는 너에게는, 그게 순수
한 악이라고 할지라도 너에게는 너의 편이 수도 없이 많
아서, 결국 나만 잘못한 사람이 되는 날. 내가 할 수 있는
일이라곤 그저 술이나 잠 따위로 나의 분노를 다스리는
일 말고는 없는 날. 다만 오늘은 평소보다도 더 많은 양
의 술이 필요할 것 같았다.

진은 술에 취할 때마다, 출처도 이유도 없이 피식피식
웃곤 했다. 그리곤 그 피식대는 웃음을 자신도 이해할 수
가 없어 작게 욕지거리를 뱉기도 했다. 화가 날 때마다
술에 취하는 습관은 어디에서 온 걸까. 이 분노와 이 취
기와 이 술버릇은 누구로부터 받은 것인가. 아비의 쪽인
가 어미의 쪽인가. 어쩌면 그 사람들도 지금 내가 모르는
곳에서 지금의 나처럼 이러고 있을 것인가.

"그런 거라면 당신들 인생도 참 가관이겠구만."

그렇게 진은 누구인지, 어디에 있는지도 모르는 부모

를 향해 조롱과 분노의 말을 뱉었다. 자신을 왜 낳은 건지. 왜 하필 나를 낳았으며 낳아놓고는 왜 버린 건지.

주말 같지도 않은 주말이었다. 창밖으로 주말 특유의, 어린아이들의 신남과 설렘이 섞인 목소리가 스치고 진에게는 다시 화가 솟구친다. 조금 더 취해야 할 것 같다고 생각한다. 될 대로 되라지. 술병이 나면 어때. 어차피 내일은 오후 근무였으니 조금 숙취에 시달려도 괜찮았다. 두 병의 소주가 비워지고, 진은 다시 천천히 말을 꺼내기 시작한다.

"생각해 보면 참 인생이…. 인생이 그렇다."

요즘 한 번이라도 사람답게 주말을 지내본 적이 있었는지 생각해 보면 당연히 아니었다. 그러면 그전엔? 어른이 되고 이렇게 일과 집만 반복되는 삶을 살기 전에는 어땠나? 교복을 입고 다녔을 땐 주말이 반가웠던가? 그것도 아니었던 것 같은데.

잘은 모르지만, 내가 아닌 사람들의 즐거운 주말을 대충 상상해 볼 수는 있었다. 주말이 오면, 마치 이 시간만을 기다렸다는 듯이 기뻐하며 아침부터 분주하게 얼굴을 화장할 것이다. 그러고는 동시에 핸드폰을 두드리며 남자친구 혹은 친구들에게, 오늘은 어디에서 뭘 먹고 마시면 좋겠냐고 물을 것이다. 아니 사실은 어디를 가서 뭘 하든 당신들 덕분에 좋기만 할 거라고 애교도 조금은 섞을 것이다. 그리곤 최대한 예쁘게 완성된 자신의 겉모습을 거울로 흘긋 보고는 집을 나서겠지. 그렇게 누군가를 만나러 가는 길에는 전철과 버스에서의 덜컹거림과 웅성거림도 설렘으로만 다가올 거였다.

조금 더 어린 시절의 주말도 나와 달랐을 것이다. 오늘은 토요일이니까 교복을 입지 않아도 되는 날, 그래서 더 신나는 날이었을 것이다. 친구들을 만나 노래방엘 가고 군것질을 하는 주말도 즐겁겠지만, 그래도 가끔은 가족과 함께하는 주말이 더 반갑기도 했을 것이다. 온전히 우리 가족 소유의 자동차를 타고 우리 가족이 원하는 것을 먹으러 멀리 떠나보기도 했을 것이다. 또 가끔은 아주 특별한 날로 정해두고, 우리끼리 사진을 남기고 케이크와 함께 서로를 축하해주기도 했겠지.

그리고 당연하게도 그런 장면들은 상상 속에서만 누릴 수 있는 것들이었다. 기억의 시작점이 보육원인 데다 보육원에서만 평생을 살아온 처지에서는 느낄 수 있는 삶의 즐거움 같은 게 그다지 많지 않은 게 당연했다. 평일에는 학교라도 다녔지. 주말에는 허허벌판에 가까운 공터만 바라보다가, 산 너머에는 어떤 마을이 있고 그 너머의 더 큰 도시에는 얼마나 많은 직업들이 있을까 공상하다 보면 하루가 겨우 지나곤 했다.

물론 그땐 지금과는 다르게 친구도 있었고 마음에 드는 이성 친구도 있었다. 하지만 어쩔 수 없는 출신의 문제로 인해 그 시절은 모조리 흉터에 가까운 흔적으로만 남게 됐다. 약삭빠른 친구들은 진의 밑천이 드러날 때마다 그녀를 은근히 얕보거나 놀리기 시작했고, 그나마 선량했던 친구도 그녀가 가진 가난과 고독을 안아주지 못해 난처해하며 떠나갔다. 그런 그녀에게 당연히 연애는 사치였고 시시콜콜한 취미나 취향을 알아가고 만들어갈 마음의 여유조차 허락되지도 않았다.

그러므로 그녀는 성인이 될 때까지 단 한 번도 찾아오지 않은 자신의 부모가 늘 원망스러웠다. 그녀가 무언가를 갖지 못한 것도 누군가와 함께하지 못하고 있는 것도 품고 있는 마음 자체의 어두움도 전부 그들 때문인 것 같았다.

살았는지 죽었는지도 몰랐지만 죽었다고 해도 달라지는 것은 없었다. 그들의 사정 같은 건 그녀가 알 바가 아니었다. 그들 나름의 삶이 얼마나 기구했든 간에 그녀에게 일어난 불행도 사실이었다. 없던 일이 되거나 힘을 잃는 게 아니었다. 그녀는 자신이 정확히 몇 년생이었는지도 자세히 알지 못했고 그 이름마저도 시설에서 임의로 주어진 이름을 받은 것이었다.

과연 이런 인생이 있을 수 있을까? 이런 삶이 공장에서 만들어지는 통조림이나 아무렇게나 버려지는 뷔페의 음식들과 다른 게 뭘까? 그것들보다 어디가 조금이라도 낮다고 볼 수 있는 걸까? 그냥 태어나지 말았어야 했나? 나는 왠지 세상에 태어나지 말았어야 할 존재인 것만 같다는 생각은 늘 있었지만, 오늘은 유난히 그 생각이 짙기만 했다.

술이 다 떨어진 것을 눈치챈 건, 슬슬 주변의 소리가 들려오기 시작하면서부터였다. 끝이 없을 것 같은 분노와 원망이 사그라들고, 다시 생활의 소리가 들리기 시작했다. 윗집인지 아랫집인지 모를 곳으로부터 들려오는 발소리. 물 쓰는 소리. 주말 낮에 더 잘 들리는 사람들의 수다 떠는 소리 같은 것들. 누군가는 이러한 소리들을 들으며 평화로움을 느낄 수도 있었겠지만 진은 아니었다. 술이 더 필요했다. 저 소리들도 나의 분노와 슬픔들도 다 덮어줄 만큼 충분한 양의 술이.

편의점으로 걸어가 소주 두 병을 손에 쥐고 주변을 둘러봤다. 팔자에도 없었던 와인이 진열되어 있었고 편의점 주제에 스테이크 재료를 팔고 있기도 했다. 진은 고개를 가로젓고는 얼른 조그만 컵라면 하나를 하나 더 집어 계산대로 향했다. 그렇게 다시 봉지를 덜렁거리며 편의점을 나서던 찰나, 편의점 옆에 안 보이던 것이 보여 걸음을 멈추고 고개를 돌렸다.

시간을 잇는 전당포.

이 동네에 전당포가 있었나? 외관이 더없이 하찮은 걸로 봐선 내가 여기에 처음 살기 시작했을 때부터, 어쩌면 나보다도 나이가 많을 수도 있을 것 같은데 한 번을 본 적이 없었네. 진은 대단한 구경거리라도 생긴 사람처럼 대놓고 그곳을 쳐다보기 시작했다. 그리고 눈에 들어오는 몇 개의 글자. 무엇이든 드립니다.

"무엇이든 주겠다고. 네가 뭘 줄 수 있는데?"

이미 마신 술기운 때문인지 다시 치솟는 분노. 정말로 다 준다고? 뭐든 들어줄 수도 있다고? 지랄하네. 그녀는 그녀답지 않은 대담한 발걸음으로 성큼성큼 걸어가 전당포의 문을 열고, 그 안쪽에 가만히 앉아 있는 주인에게 다짜고짜 쏘아붙이기 시작했다.

"뭐가 그렇게 잘나서."

"네?"

"뭐가 그렇게 잘나서 뭐든 다 주겠다고 하는 건데요. 전당포니까 돈도 달라는 만큼 주나요? 제가 꼴랑 편의점에서 파는 거지만 와인도 마셔보고 싶고 고기도 원 없이 먹어보고 싶은데, 정작 맨날 먹는 건 소주에 라면이니깐 돈이 좀 필요한데 그것도 주나요?"

"……."

"아니면 사람도 찾아주나요? 제가 보시다시피 보육원 출신에 부모가 죽었는지도 살았는지도 모르는데 그 사람들 좀 찾아줄 수 있나요? 못 하겠으면, 이거 간판 떼야 하는 거 아닌가요? 무엇이든 해주겠다면서요."

말하면서도 아차 싶었다. 중간부터는 자신이 하는 말이 고작 꼬장에 불과하다는 것을 알았지만, 진은 멈추지 않았다. 그냥 오늘은 화낼 대상이 필요했다. 화가 나니까.

하지만 전당포의 남자는 동요하지 않았다. 보통의 사람이라면, 다짜고짜 문을 박차고 들어와 꼬장을 부리는 자기보다 한참 어려 보이는 여자에게 화를 내든 욕을 하든 어떤 반응이라도 보일 텐데. 그는 그저 가만히 앉아서 그녀가 그렇게 분노인지 슬픔인지 모를 것들을 쏟아내는 것을 바라보고만 있었다. 진은 그런 남자의 태도 때문에 금방 머쓱해져서, 하던 말을 멈추고 가만히 서서 숨을 씩씩 들이쉬기만 했다. 이쯤에서 사과해야 하는 건가? 금방이라도 고개를 구십 도로 숙이고 사과의 말을 건네려고 하던 그때. 남자가 정적을 깨고 한마디 말을 뱉는 거다.

"어쩌면 마음에 들어하실 만한 거래가 있습니다."

"네?"

이번엔 진이 무슨 말인가 싶어 묻는다. 이 사람 내 말을 듣고 있었던 거 맞아? 내 말을 듣고 거래를 제안하는 거야, 아니면 그냥 처음부터 뭔가를 팔려고 했던 거야? 남자는 꿋꿋하게 말을 이어간다.

"무슨 말인가 싶어 의아하시죠?"

실제 대화에서 '의아하다'는 말을 쓰는 사람은 오랜만에 본다고 생각하며 고개를 끄덕였다. 남자는 그것 보라는 듯이, 그럴 줄 알았다는 듯이 웃고는 마저 말했다.

"손님의 가장 소중한 것을 저희에게 지불하면, 저희 전당포는 손님이 원하는 것을 줄 수 있습니다. 그게 말씀하신 좋은 술과 음식이든, 행방을 모르는 부모님과의 만남이든 상관없이 말이에요."

"네? 제 말이 장난 같으신가 본데, 제 부모를 찾아서 만나게 하는 일이 쉬운 일인 것 같으세요? 저라고 찾아볼 생각을 안 해봤을 것 같아요? 이 나이 먹도록 못 찾아서 드린 말씀이었잖아요."

"그럼요. 연이 끊긴 누군가를 찾아 만나게 하는 일은
쉬운 일이 아니죠. 그러니까 저희에게도 한계는 있습니
다. 그 한계가 뭐냐면, 누구를 만나든 딱 삼십 분, 삼십 분
만 만나게 해드린다는 거예요."

이제는 남자가 무슨 말을 하는 건지도 알 수가 없게 되
어버려, 그저 어안이 벙벙해진 채로 진은 남자의 말을 마
저 들었다. 남자가 하는 말은 마치 동화나 소설의 설정과
도 같은 말들이었다. 먹으면 낮잠을 자게 해주는 알약이
있다는 말. 그 알약을 먹고 낮잠에 빠지면, 그토록 궁금했
던 사람 혹은 그리웠던 사람을 꿈속에서 삼십 분 동안 만
나게 된다는 말. 단, 삼십 분 내에 꿈에서 깨어나지 않으
면 영영 그곳에 갇혀 세상으로부터 멀어지게 된다는 말
까지….

그 말들은 보통의 사람이라면 절대 믿지 못할 말들이
었지만, 코웃음 치며 넘겨버릴 말들이었지만, 이상하게

진은 그 말들을 쉽게 웃어넘기기만 할 수가 없었다. 진은 어느새 술기운마저도 다 날아가 버린 눈빛으로 남자를 응시하고 있었다. 원래 밑바닥에 있는 사람일수록 지푸라기라도 부여잡고 싶은 심정을 더 깊이 느끼는 법이니까.

"그게 정말이란 말이죠."

"그럼요."

그러다 문득 든 생각.

"그런데 사장님, 저한테는 소중한 게 없는데요?"

정말이었다. 그녀가 가진 것 중에는 '소중하다'는 설명을 덧붙일 수 있을 만한 것 따위는 아무것도 없었다. 하지만 남자는 평온했던 표정을 조금도 일그러뜨리지 않고 대답한다.

"있을 텐데요."

"없다니까요?"

"그럴 리가 없는데."

"진짜 없는데…."

진은 남자의 근본 없는 추궁에 밀려 다시금 생각해 본다. 내가 갖고 있는 것에는 무엇이 있는지. 일단 값이 많이 나가는 물건 따위는 눈을 씻고 찾아봐도 없다. 비싼 시계나 귀금속, 전자제품 같은 것조차도 핸드폰 말고는 없었다. 그렇다고 돈이 많나. 평일과 주말을 쉬지 않고 아르바이트를 해서 모아놓은 돈이 조금 되기는 했지만, 그 액수가 무지 많은 것도 아니었으며 이 돈만큼은 내면 안 됐다. 혼자 사는 만큼 아주 작은 집이라도 내 것으로 만들어둬야 한다는 자신과의 약속이 있었기 때문이었다. 그러니 추억 쪽으로 생각해 보자면, 그래도 없었다. 친구도 없고 사진도 없었다. 역시 나는 소중함과는 거리가 있

는 사람이구나. 그렇게 다시 자책에 빠질 무렵, 전당포의
그 남자가 다시 말했다.

"그나마 내가 가진 것 중에 좋은 거다, 싶은 것은 없었
어요? 사람들이 보기에 보편적으로 귀한 것이 아니어도
괜찮아요."

그녀는 생각한다. 진짜 아무것도 없는데. 이 몸뚱이랑
이름 말고는 없는데.

"이름 같은 것도 받아요."

"네?"

"이름처럼 형태가 없는 것도 받는다고요."

뭐야? 내 생각이 들리기라도 한다는 거야? 진은 새삼
스럽게 당황했지만, 곧 진지하게 되물었다.

"명의를 도용한다는 건가요?"

"아니요. 말 그대로 제가 이름만 가져가는 거고, 당신은 이름 없는 사람이 되어 누구에게도 불리지 않게 되는 거예요."

그건 좀 서글픈 일인데, 싶다가도, 그렇게까지 서글플 일인가 생각했다. '김진'이라는 이름은 보육원에서 아무렇게나 지어준 이름이었던 데다가, 누구에게도 불리지 않게 되는 일에는 그리 어렵지 않게 익숙해질 수 있을 것 같았다. 애초에 나를 찾는 사람이 있었던가? 일할 때나 어떤 책임을 물을 때 빼고? 과연 이름 없는 사람이 된다는 게 어떤 건지 여전히 잘은 알 수 없었지만, 진은 고개를 끄덕였다.

"그다지 소중한지는 모르겠지만, 줄게요. 이름. 가진 게 이것뿐이라"

"그 이름이라도 감사히 받겠습니다."

주인은 일 분 가량, 노트에 무언가를 적더니, 다시 고개를 들어 이렇게 말했다.

"지금부터 당신은 무명입니다. 이제 누구도 당신을 부르지 않을 것입니다. 당신조차도 당신의 이름을 잊게 될 것입니다."

저게 무슨 말일까. 내 이름이라는 건 당장 신분증을 꺼내어 읽으면 될 일이었다. 진은 의구심이 샘솟아 그 자리에서 지갑을 꺼냈다. 그러고는 신분증에 적혀 있는 '김진' 두 글자를 두 눈으로 똑똑히 읽었다.

"제 이름 여기에 있는데요? 제 이름은."

"이름은?"

"제 이름은."

김진. 그 두 글자가 발음되지 않았다.

"이름이 입 밖으로 안 나오죠? 그런 걸 말한 거였습니다. 이제 그 누구도, 당신도 당신의 이름을 부르지 않을 거예요. 그것은 조금 외롭기도 할 것입니다."

진짜구나. 진짜로 이런 일이 있기는 있구나. 약간의 두려움이 순간 진을 엄습했지만, 이내 얼른 평정을 되찾으려 애썼다. 잊고는 있었지만, 잃는 것이 있으면 얻는 법도 있는 법이었으니까. 이제 그 잘나신 알약을 손에 넣어야 할 때였다. 진은 얼른 그것을 달라고 말하며 손을 펼쳤다. 주인은 더 안쪽의 서랍장에서 알약이 들어 있는 작은 케이스 하나를 가져와 그녀의 손 위에 두었다.

"만약 저 속이시는 거면 가만히 안 있어요."

"언제든 오세요, 언제든 환영하겠습니다."

혹시라도 그 작은 것을 잃어버릴까 싶어, 진은 그것을 손에 꼭 쥔 채로 집까지 뛰어왔다. 긴장한 나머지 전당포에 소주와 컵라면을 두고 온 것조차 잊은 채로.

내가 왜 이렇게 긴장하는 걸까. 해 봤자 그렇게 오랫동안 원망했던 부모를 잠깐, 삼십 분 동안만 만나는 것뿐인데. 그녀는 수상할 정도로 빠르게 뛰는 심장을 진정시키고, 얼른 찬 물 한 잔을 떠 와서는 침대에 앉았다. 그리곤 그 알약을 조심스레 입에 머금고 그 물을 몇 모금 마셨다. 몸을 눕힌다. 평소라면 지독한 불면으로 괴로워하기만 했던 그녀였지만, 이상하리만치 마음이 평온하고 노곤거리기까지 했다. 그녀는 그렇게 서서히 낮잠에 젖어들기 시작했다.

그렇게 빠져든 꿈에서 도착한 곳은 낯설고도 낯설지 않은 어느 집이었다. 천장의 모양으로 보나 방의 구조로 보나 오래된 아파트인 것 같았다. 그녀는 효과가 정말로 있는 건지 어떤 건지는 모르겠지만, 꿈의 선명도만큼은 타의 추종을 불허한다고 생각했다. 이만큼이나 명확하고 현실성 있는 꿈이 또 있었나 싶어서.

몸을 움직여보려 했지만 쉽게 움직여지지 않았다. 잘은 설명할 수 없지만, 뭐랄까, 잘 붙어 있었던 팔과 다리의 힘이 많이 약해진 기분이었다. 왜 이럴까 싶어 조금 더 힘을 줘보니, 이제야 그 답답함의 정체를 알 것 같았다. 그녀는 지금 어떤 이불 같은 것에 둘러싸여 있는 모양이었다.

"뭐야 이거?"

그렇게 이불로부터 벗어나려 안간힘을 쓰는데, 두 개의 얼굴이 나타나 그녀의 시야를 뒤덮었다. 어떤 젊은 남자와 여자의 얼굴이다. 두 사람의 얼굴은 처음 보는 얼굴이었지만, 거기에선 어딘지 모르게 기시감이 느껴지고 있었다. 남자 쪽에서 먼저 말을 걸어왔다.

"우리 딸이 왔네. 여보, 우리 딸이 왔어."

"정말이네, 딸이 우리를 보러 와줬네."

여자 쪽에서도 남자의 말에 맞장구를 치며 말하기 시작했다.

"딸이라고?"

"그럼, 우리 딸이지. 여기에 너 말고 우리 딸이 또 어디에 있겠니."

"그나저나 여보, 얘 지금 생긴 건 완전 갓난아기인데 입으로는 말하고 있는 거 완전 웃겨."

자신을 보며 깔깔대며 웃는 두 사람을 보며 진은 차분해지려 애썼다. 그러니까 이 사람들이 내가 평생에 가깝도록 찾아 헤맸던 나의 부모이며, 그 두 사람은 나를 보자마자 미안하다고 싹싹 빌기는커녕 나를 보는 것을 재밌거나 귀엽게 여기고 있다고? 나는 그 두 사람 앞에서 이렇게 갓난아이의 모습으로 누워 있는 거고?

화를 내야 하는데 화가 나지 않았다. 화를 내야 한다면 가장 먼저 무슨 말을 꺼내면서 화를 내야 할지도 알 수 없었다. 곧 이번엔 여자 쪽에서, 그러니까 그녀의 어머니라고 주장하는 쪽에서 말을 꺼내 왔다.

"미안해 딸, 어떻게 보면 우리를 처음 본다고 할 수도 있는데, 너무 우리 이야기만 했나?"

진은 잠깐 눈을 감았다 뜨고는, 천천히 말을 꺼내기 시작했다.

"그것도 미안한 건 미안한 건데."

"이렇게 살아 있으면서 왜 그동안 한 번도 나를 찾지 않았어요? 왜 그렇게까지 소식조차 없었던 거예요?"

두 사람은 그녀의 말을 듣고는 말이 없다. 입이 있으면 말이라도 해봐요. 진이 한 번 더 쏘아붙이니, 그제야 남자, 그러니까 진의 아버지라는 사람이 대답해 왔다.

"사실 이렇게 네 눈앞에 있는 우리가, 살아 있는 것처럼 보이겠지만 그게 아니거든."

이게 무슨 말이지? 진은 고개를 갸웃거렸다.

"그러니까, 이 세상 사람이 아니라는 말이야. 우리는 네가 아주 어렸을 때, 같은 날에 목숨을 잃고 말았거든."

한 번도 생각해 보지 않은 사연은 아니었다. 사람이 사람으로 태어났다면, 자신들이 만든 피붙이를 한 번은 보러 오는 게 맞았다. 그러니까 다르게 말하면, 자신의 자식을 보러 오지 못했다는 건, 신변상의 아주 큰 문제, 크게 다쳤다든가 목숨을 잃었다든가 하는 문제가 있었던 거라고.

"너도 알겠지만, 세상에 너만큼 예쁜 아이가 또 어디에 있겠니."

미안하지만, 그건 아니에요 아버지. 다 큰 내 모습을 한 번 봐야 그런 말을 안 하실 텐데요.

"이렇게 사랑스러운 넌데, 어떻게 네게 사랑을 안 줄 수가 있었겠어. 너는 우리에게 하루도 빠짐없이 사랑받았고, 끝까지 보살핌 받는 아이였어."

남자는 그렇게 말하며 손으로 조심스레 그녀의 뺨을 쓰다듬었다. 순간 진은 태어나서 한 번도 느껴본 적 없었던 온도감을 느꼈다. 사람이 사람의 얼굴을 이런 식으로도 만질 수 있는 거구나. 너무 기분이 묘해서 자신도 모르게 웃어버릴 뻔했지만, 다시 얼른 정신을 차리고 다시 그들에게 물었다.

"그렇게 끔찍이도 아꼈는데, 왜 나는 보육원에서 자라야 했던 건데요?"

두 사람의 얼굴이 일순 굳는다. 여자가 입을 열었다.

"그건 어쩔 수 없는 일이었어."

"그러니까 그 어쩔 수 없는 일이 뭐였냐고요."

"기억 못 하겠지만, 여기가 우리가 마지막으로 살았던 아파트거든."

여자가 거기까지 말하는데, 돌연 창밖으로 무언가 번쩍하는 것이 보였다. 벼락이기엔 더 오래 빛나고 있었고, 햇볕보다는 폭력적인 면이 있는 빛이었다.

"우리는 참 행복했어."

빛이 몇 번 더 빗발치고, 그 빛의 색깔이 묘하게 일렁이기 시작했다.

"그러던 어느 날, 이유도 알 수 없는 큰불이 났고, 이 아파트는 거대한 화염에 휩싸이고 말아. 그 시각에 건물에 있었던 사람들은 우리 셋뿐이었어. 날씨가 무척 좋아서, 세상의 거의 모든 사람이 나들이를 나갔던 날이었거든."

진은 그제야 창밖의 일렁이는 빛의 정체를 알 수 있었다. 엄마가 말한 큰 불이라는 게 저걸 보고 말한 모양이었다.

"너무 고요한 낮이었고, 사람도 없었기 때문에 신고도

늦을 수밖에 없었지. 불은 점점 우리 집을, 우리 주변을 집어삼키기 시작했어. 도망도 쉽지는 않았어. 복도도 문고리도 녹아내릴 정도로 데워지고 있었고, 우리 집은 6층에 있었으니까."

"마침 그때 네가 크게 울더라. 무서운 모양이었어. 그래서 우리는 너를 안고, 천천히 생각하기 시작했지. 다른 건 다 괜찮으니까 너, 우리 딸만이라도 살릴 방법이 없을까 하고 말이야."

이번에는 아빠 쪽에서 말을 꺼내 오기 시작했다.

"이불로 칭칭 감아서 창밖으로 던지는 일은 도무지 할 수 없었어. 고작 이불이 충격을 흡수해 줄 것 같지도 않았고, 또 겁 많은 우리 딸이 평생에 가깝도록 커다란 공포를 느낄 수도 있을 것 같았으니까."

다시 엄마 쪽에서 말을 꺼냈다. 주변이 불타고 있었지만, 그녀의 표정은 태연했다. 편안해 보이기까지 했다. 그녀가 진의 머리를 쓰다듬었다.

"그래서 우리가 생각한 건, 우리가 할 수 있는 유일한 일은, 너를 우리가 껴안고 바깥으로 뛰어내리는 일뿐이었어. 이렇게."

그녀는 그렇게 말하곤 이불에 둘러싸인 진을 꼭 껴안기 시작했다.

"지금 뭐 하는 거예요?"

여자는 그녀의 말을 듣지 않는다. 곧 진의 아버지가 어머니를 한 번 더 품에 안았다. 그리곤 세 사람은, 열기로 벌겋게 달구어진 테라스 쪽으로 서서히 움직이기 시작했다.

"하지 마세요."

두 사람은 품속에 있는 작은 진을 다정하게 내려다본다.

"하지 말라니까?"


"정말, 이 방법 말고는 없었어. 미안해."


그렇게 말하고는 창밖으로 몸을 던지는 세 사람, 아니, 서로가 서로를 지키기 위해 껴안고 있는 하나의 가족. 진은 소리를 지르며 눈을 질끈 감았지만, 어째선지 바닥에 충돌하는 감촉은 느껴지지 않았다. 다시 천천히 눈을 뜨니, 그곳에는 이제 그녀에게는 익숙한 광경이 펼쳐지고 있었다. 그녀가 자라는 동안 줄곧 지내온 보육원이었다. 진은 그 앞에 서 있었고, 고개를 내려 몸을 내려다보니 교복을 입고 있었다. 뒤에서 그들의 목소리가 들려왔다. 진이 돌아보니 그들은 무사히 그곳에 서 있었다. 진의 아버지가 태연하게 웃으며 말을 이어갔다.


"다행인지 다행이 아니었는지는 모르겠지만, 너만은 살릴 수 있었어. 우리는 그 자리에서 숨이 멎어버렸고."


"그래서 내가 이곳으로?"

아빠는 고개를 끄덕인다.

"처음부터 이곳으로 온 건 아니었어. 친하게 지낸 건 아니었지만, 아빠한테 여동생이 있었거든. 다른 가족은 아무도 없었지만, 그 여동생이 유일한 연줄이었어. 그 아이에게 갔었어."

"원래는 고모? 고모에게 있었다는 말이에요?"

"원래는 그랬지. 하지만 아빠가 말했듯이, 고모는 아빠와도 사이가 좋지 못했고, 아이를 보살피기엔 여러모로 준비가 되어 있지 않은 사람이었어. 그래서 어느 새벽에, 보육원 앞에 너를 두고 도망간 거였어. '이름을 몰라요. 하지만 김 씨입니다.'라는 쪽지와 함께 말이야. 고모에 관한 건 아빠가 진심으로 대신 사과할게."

그렇구나. 그렇게 된 거였구나. 나는 이 두 사람에게 버림받은 게 아니었고, 이 두 사람에 의해 보육원에 맡겨진 것도 아니었으며, 오히려 이 두 사람에게 목숨과도 맞바꿀 만큼 사랑하는 존재였구나. 그래서 이름이 없었던 거구나. 또 동시에 그 덕분에 살아남을 수 있었던 거구나. 눈물이 차올랐다. 에이씨. 가족 때문에 우는 일은 다시 없을 줄 알았는데.

"우리 딸, 울어?"

두 사람은 그렇게 말하곤, 셋이서 하나의 그림자를 만들 듯 서로를 껴안아 주기 시작했다. 진은 더 서럽게 울면서, 괜히 짜증 난다는 마음에도 없는 말을 입 밖으로 꺼냈다.

"왜 짜증을 내. 우린 이렇게라도 우리 딸 잘 큰 거 봐서 좋은데. 혼자 학교 다니고 혼자 지내는 거 힘들었지? 많이 미안해. 잘 자라줘서 많이 고맙고."

"…잘 자라긴. 맨날 술 마시고 조금 전엔 이름도 팔았는데."

"이름을 팔아?"

"여기에 엄마랑 아빠 보러 오는 대가로 이름을 팔았어. 엄마 아빠 딸 이제 이름 없어. 아무리 엄마랑 아빠가 나를 사랑했다고 하더라도 더는 나를 부를 순 없는 거야."

그러니 두 사람이 정색한다.

"그게 무슨 말이야. 이름이 없긴 왜 없어. 얼마나 예쁜 이름이 있는데. 우리가 지어둔 이름이 얼마나 예쁜데."

"이름이 있다고?"

"그럼, 아직 신고는 안 했었지만, 처음부터 정해둔 이름은 있었어."

이게 뭐라고 긴장이 되는 걸까, 진이 자신의 이름이라고 생각했던 그녀는 침을 꿀꺽 삼켰다.

"잘 들어, 딸. 네 이름은 해솔. 김해솔이야."

"김해솔?"

"해 걸린 소나무라는 뜻이야. 언제까지고 푸르고 예쁘게 빛나라고."

"아···."

이번에도다. 조금 전에도 느꼈던, 살면서 한 번도 경험해 본 적 없는 따뜻함과 다정함. 다른 사람들은 이런 사랑을 받아먹으며 무럭무럭 자라왔던 거구나. 눈물이 다시 왈칵 솟았다.

"그러니까 이제 사랑 못 받았다는 말, 이름 없다는 말 어디 가서 하면 안 돼. 알겠지? 안 그러면 우리가 너무 속상하잖아."

해솔은, 그제야 살짝 웃으며 고개를 끄덕였다. 시간이

다 되어가고 있었다. 눈을 깜빡이는 시간까지 아끼면서 두 사람을 최대한 눈에 담아둬야 하는데, 이상하게 눈물이 그치지 않아 두 사람이 잘 보이지 않았다. 엄마의 목소리가 들려왔다.

"이제 가봐야 할 시간인 것 같네."

해솔은 한 번 더 고개를 끄덕인다.

"엄마, 그리고 아빠. 내가 하고 싶은 말이 있는데."

여전히 두 사람의 얼굴은 잘 보이지 않지만, 그들이 몹시 따뜻한 미소를 지으며 그녀의 말을 기다리고 있는 것을 알았다.

"고마웠어. 그리고 미워해서 미안했어. 나 잘 살아 볼게."

"우리도 해솔이가 우리게 와줘서, 그리고 살아남아서 잘 자라줘서 고마웠어. 잘 지내자 우리."

"안녕."

세 사람의 안녕이라는 목소리가 겹치고, 해솔은 잠에서 깨어났다. 분명 십 년도 넘는 세월 동안 누군가와 함께한 것 같았는데, 여전히 해 지기 전의 주말이었다.

"깨어났구나."

방 안이 부쩍 어둡고 칙칙하게 느껴졌다. 이런 곳에서 몇 년을 살아왔던 거다. 어딘지 모르게 참을 수 없다는 생각이 들어 창문을 열었다. 그리곤 바깥을 내다보았다. 사람들. 그리고 사람들. 대단할 것 없는 주말이었다. 그런데 사람들이 저렇게 예뻐 보였었던가.

다시 몸을 돌려 화장실로 향한다. 그리고 거울을 오랫동안 쳐다보았다. 분명 똑같은 옷을 입고 있고 똑같은 표정을 짓고 있는 것 같은데, 어딘지 모르게 화사하게 다가왔다. 조심스레 입을 벌려 목소리를 내보았다.

"해솔."

청아한 소리가 화장실에서 얼마간 울린다.

"김해솔."

해솔이 웃었다. 예쁜 이름이었다.
언제까지나 예쁘게 살 용기를 주는 이름이었다.

그녀는 이제 더는 혼자가 아니었다.

5장

당신 없는 나는

예전보다는 확실히 덜해졌다고 하지만, 그래도 시장에는 늘 소리들이 가득하다. 무언가를 사가라고 외치는 소리, 조금만 더 깎아달라고 실랑이하는 소리, 리듬감 있게 수산물이며 축산물이며 농산물들을 썰어 담는 소리 같은 것들.

최가네 야채 가게에서 여자 사장과 정희가 도란도란 이야기를 나누는 소리 역시 그 시장의 일부분을 차지하고 있었다. 두 사람은 이미 채소와 돈을 주고받은 지 오래인데도 그곳에 서서 이렇고 저런 이야기를 나누고 있었다. 사는 이야기. 요즘 보는 드라마 이야기. 날씨 이야기. 요즘 먹으면 좋은 채소 이야기 같은 것들.

"뭐가 됐든 언니한텐 다 싸게 팔겠지. 언니가 이 동네 연예인인데."

"내가 무슨 연예인이야. 그냥 머리 하얀 동네 할머니지."

"언니 정도면 연예인이지. 이 동네에서 언니 모르는 사람이 어딨다고 그래."

소란스러운 시장의 한가운데에서 아주 작게 울려 퍼지는 두 사람의 하하호호 웃는 소리. 곧 결혼한 지 얼마 안 된 것으로 보이는 새댁이 가게 앞을 기웃거리고 그를 본 정희가 사장에게 그녀를 맞으라 말한다. 새댁의 모습이 예쁘게만 보이는지 정희의 입가에선 미소가 사라지지 않고 있었다.

"손님 오셨네. 가봐야겠어."

"응, 그래 언니. 그래도 오늘 야채 많이 샀는데 혼자 들고 가서 걱정이네. 영길 아저씨 있으면 더 편했을 텐데."

그러게 말이야. 정희는 웃으며 대답하곤 두 손에 힘을 주어 각각의 손에 들린 검은색 채소 봉지를 들고 가게를 나섰다. 영길 아저씨가 동네에서 제일 다정한 남자지…. 정희는 뒤에서 들려오는 그 말을 귀로 듣기만 하며 앞만 보고 걸었다.

정희와 영길은 동네에서도 금실 좋기로 소문난 노부부였다. 두 사람 모두 여든을 넘긴 나이였지만 하루도 산책을 거르지 않았다. 정희는 어딜 가나 우리 오빠가, 우리 오빠가 소리를 서슴지 않고 말했고 영길 역시 다른 동네 어른들과 술을 마시다가도 우리 정희는 뭐 하고 있으려나 혼잣말하곤 했다. 그때마다 그의 주변에 있던 사람들은 망측하다느니 철 좀 들으라느니 장난 섞인 비난을 던졌지만 그들의 금실은 그렇게 쉽게 식어버릴 정도로 애매하지 않았다.

정희와 영길은 그 동네의 이름이 지금과는 달랐을 때부터, 몇 층짜리 상가나 고급스러운 해외 카페 브랜드, 패스트푸드 브랜드의 매장이 들어서기 전부터 그곳에서 나고 자란 토박이였다. 그 마을의 모든 변화를 두 눈으로 봐온 두 사람이 근 몇 년 사이에 들어와 자리를 잡은 사람들에게 이 동네의 절반은 거의 아무것도 없는 허허벌판이었고 저쪽 구석에는 커다란 호수가 있었다고 말하면 누구도 믿지 않았다.

영길은 그 허허벌판에서, 그다지 비옥하지도 않은 벌판에서 농사를 짓던 가난한 농부의 아들이었다. 비록 그 동네에서 가장 가난한 집을 꼽으면 언제나 1등을 다툴 만큼 가난한 집안이었지만, 다른 집과는 다르게 자식이 영길 하나뿐이었기에 아주 부족한 어린 시절을 살지는 않았다. 농사일을 돕는 틈틈이 공부도 제법 부지런히 했기에 학비가 저렴한 국립대학교에 진학할 수도 있었다. 물론 그마저도 형편이 따라주지 않아 중간에 학교를 그만둬야 했지만, 그래도 큰 불만은 없었다. 앞으로도 가족을 도와 농사를 짓고, 자신 역시 내 땅과 내 집만 있다면 그만인 삶을 사는 것으로 충분하다고 생각했다.

문제는 정희를 만나고부터였다. 밭과 산이 익숙했던 영길과는 다르게 정희는 책과 백화점이 익숙한 귀한 집 딸이었다. 정희의 집은 그 동네에서 가진 땅도 가장 넓고 쌓아둔 재산도 많았던 유지 집안으로, 정희는 집만 그곳에 있을 뿐 아침이 밝으면 기사가 태워주는 차를 타고 번화가로 가서 학교를 다니고 친구들을 만나고, 백화점이나 서점에서 매일같이 물건을 사는 여자였다.

마을에서 가장 고운 옷을 입는 여자, 또 말도 가장 곱게 하는 여자였기에 마을 총각 중 정희를 좋아하지 않는 사람은 없었다. 정희의 아버지는 매번 그들의 정희를 향한 동경 어린 시선을 차단하는 데에 급급했다. 노골적으로 말을 걸어오는 이에겐 험한 꼴 보기 전에 썩 꺼지라고 엄포를 놓기까지 했다.

정희에게 마음을 품는 것은 영길도 예외는 아니었다. 정희의 그 생김새나 옷차림도 호감을 품는 데에 한몫했지만, 그보다도 그의 마음을 끄는 것은 그녀의 내적인 우아함이었다. 자신은 아무리 남는 시간을 다 할애해서 책을 읽고 공부를 해도 따라갈 수 없는 그 넘치는 교양과 기품. 영길은 자기는 죽었다가 깨어나도 갖지 못할 그녀의 그러한 내면의 아름다움을 사랑했다. 단, 그 마음을 쉽게 표현할 수는 없었다. 동네 친구들이 그녀에게 수작을 걸다가 그녀 혹은 그녀의 아버지에게 퇴짜를 맞는 모습을 수도 없이 봐왔던 것도 있었고 애초에 그의 성격 자체가 오르지 못할 나무는 쳐다보지도 않는 소시민적인 성격이기 때문이었다.

매년 장마철이면 늘 그랬듯 비가 쏟아졌지만, 그날은 그중에서도 심상치 않은 날이었다. 비가 쏟아붓는 소리가 얼마나 요란한지 집 안에 있어도 빗소리에 묻혀 대화가 어려울 정도였다. 영길은 이런 날에는 아무거나 기름에 지져서 막걸리에 곁들이면 딱 좋을 텐데, 마침 막걸리가 떨어져서 아쉽게 됐다고 생각하며 방에 누워 있었다.

바깥에서 사람의 목소리가 들려온 건 얼마 지나지 않

아서였다. 문을 열고 보니 거기엔 몇 번인가 봤던 사람이 서 있었다. 가만히 기억을 되짚어보니 정희의 집에서 정희가 타는 차를 운전하기도 하고 여러모로 옆에서 정희를 거들었던 그 사람이었다. 여기까지 어쩐 일이신가 물으니 그가 고개를 숙이며 말했다.

"급하게 수소문하다가 이 집까지 왔네요. 지금 저희 아가씨가 열이 펄펄 끓어서 해열제가 필요한 상황인데, 있는 해열제를 다 끌어모아도 충분하지 않아서요. 혹시 해열제가 있으시면 좀…."

"아니, 그 집에는 차도 있잖아요? 차 타고 나가서 구해오면 되는 거 아닌가요?"

그러니 남자는 난처한 표정을 지으며 대답했다. 아시다시피 시내로 나가는 방법은 딱 하나, 다리를 건너서 가는 것뿐인데, 비가 너무 많이 와서 다리가 무너져버렸다고, 헤엄이라도 쳐서 가볼까 했지만 본인은 발이 불편해 그럴 수 없고, 마을의 다른 사람들도 위험해서 다리를 건너지 않으려 한다고.

"이러다 아가씨 죽을 것 같은데 어떡합니까. 어떻게
해열제가 조금이라도 없을까요….."

영길은 그의 읍소에 대답하는 대신 얼른 옷을 주워 입
으며 집을 나설 채비를 했다. 비는 전례 없을 정도로 험
하게 쏟아붓고 물살이 거세진 그 하천을 맨몸으로 건너
는 일은 잠깐만 생각해 봐도 분명 위험한 일이었지만, 그
모든 것을 다 따질 만큼 시간적인 여유가 있을 것 같지
않았다. 또 그 동네에서 가장 몸이 건장한 사람은 마침
영길이었고. 그보다도 그 예쁜 사람이 혹여라도 잘못된
다면 어떻게 하나 싶었고.

눈 한 번 감았다가 뜨면 저 멀리까지 날아가 버릴 듯한
물살을 겨우 해치고 마을로 달려가, 있는 해열제를 모두
그러모아 품속에 소중히 안고 다시 마을로 건너왔다. 그
리곤 폐가 터질 정도로 쉬지 않고 달려 그녀의 집으로 향
했다. 덕분에 그녀는 그 밤을 무사히 넘길 수 있었고, 그

녀의 가족들 역시 그에게 고개를 숙여 감사의 인사를 건넸다.

며칠이 지나고, 누군가가 영길의 집 앞에서 그의 이름을 부르기에 나가보니 거기에 정희가 서 있었다. 다 들었다며, 자기 목숨을 구해줘서 고맙다며 정희는 얼굴을 붉히고 있었다. 영길은 그 얼굴이 참 예쁘다고 생각했다. 원래도 알았지만 나를 향해 저렇게 붉힌 얼굴이라서 더욱 예쁘다고.

두 사람은 그날로 깊이 서로에게 빠져들었다. 오늘은 다음 달에 해야 할 일을 약속했고 또 내일은 내년에 하면 좋을 일을 생각했다.

그러다 보니 자연히 결혼에 관한 이야기가 나왔는데, 문제는 정희의 가족들이었다. 딸의 목숨을 구해준 것은 고맙지만 결혼은 별개의 일이라며 그녀의 아버지는 그 결혼에 완강히 반대했다. 그러면서 몇 번은 그의 집안에 관해, 그 집안의 가난에 관해서도 노골적으로 비난의 말을 던졌다. 영길은 그 앞에서 어떤 말도 할 수 없었다. 다른 것들은 자신의 힘으로 어떻게 해볼 수라도 있는 것들이었지만, 처음부터 지니고 태어난 집안의 가난은 그가 어떻게 할 수 없는 것이었으니까.

그때 정희가 칼을 빼 들었다. 비싼 옷도 다니는 학교도 다 필요 없으니 이 사람만 있으면 된다고. 당신들이 나를 더는 딸로 인정하지 않는다고 해도 나는 이 사람과 늙어가고 싶다고.

그렇게 시작된 결혼생활이었다.

정희는 정말로 집으로부터 어떤 지원도 받지 않고, 그나마 모아두었던 돈을 영길이 내놓은 돈과 합쳐서 거의 다 쓰러져가는 집에 살림을 차렸다. 그 집은 그녀가 살던 집과 너무도 달랐지만 그래도 좋기만 했다. 가진 건 없어도 영길이 곁에 있었기 때문이다. 언제까지고 그가 나를 지켜줄 거라는 믿음이 있었기 때문이다. 영길과 정희는 그 대단치도 않은 집을 두 사람만의 대단한 집으로 만들기 위해 꽃을 꺾어다가 두기도 하고 다시 예쁘게 칠을 하기도 하면서, 돌담을 쌓기도 하면서 부지런히 꾸미며 살기 시작했다.

자식은 없었다. 조금은 노력해 보기도 했지만 생기지 않았다. 영길 쪽의 문제였는지 정희 쪽의 문제였는지는 알 수 없었다. 그래서 처음엔 누가 문제가 있는 건지 진료를 받으러 가볼까 생각해 보기도 했지만 그러지 않았다. 어느 한쪽이 정말로 문제가 있다고 하면 그 사람이 괜한 죄책감을 가질까 싶어 그냥 그대로 두었다. 우리 사랑에서 고마워할 일은 있어도 미안해할 일은 하나라도 없었으면 좋겠다는 마음은 두 사람 모두가 똑같았기 때문이다.

무엇보다도 두 사람에게는 서로만 있어도 됐었기 때문에, 그들은 정말로 서로만을 더 붙들고 예쁘게 살기만 했다. 삼십 대를 맞았을 때는 결혼할 당시 형편이 어려워 떠나지 못했던 신혼여행을 떠났고 쉰 무렵엔 서로 열심히 살아서 모은 돈으로 더 넓고 그럴듯한 집으로 이사를 갔다. 허허벌판이었던 동네도 점점 도시의 모습을 갖춰

가던 참이었으므로, 괜찮은 장소에 있는 괜찮은 집을 재빨리 구할 수 있었다.

예순이 되고 일흔이 되어서도 손을 잡고 걸었다. 가끔 뒤에서 찰칵대는 소리가 들려 돌아보면 거기에는 젊은 사람들이 핸드폰으로 자신들을 찍고 있는 것을 볼 수 있었다. 신기한 세상이지? 저 조그만 걸로 사진을 다 찍고 말이야. 그렇게 말하는 듯한 눈빛을 주고받고 있으면, 그들은 지레 발이 저렸는지 공손하게 사과의 말을 건네왔다.

"죄송합니다. 두 분 손 잡고 걸으시는 게 너무 보기 좋아서요."

젊은 사람은 진심으로 민망하고도 미안한 기색을 보였지만, 그들은 화를 내기는커녕 오히려 웃으면서 이렇게 대답하곤 했다.

"괜찮아요. 그럼 찍는 김에 앞모습도 좀 찍어줄래요?

예쁘게요."

그러면 멋쩍어하던 사람도 곧 환하게 웃으며 두 사람을 향해 다시 핸드폰을 꺼내 들었고, 두 사람은 이미 가까웠던 둘 사이의 간격을 더 좁히며 환하게 웃었다. 그리곤 영길이 그에게 다가가 '그 사진을 우리도 꼭 갖고 싶다'고 말하며 사진을 보내주기를 청했다.

영길은 그렇게 한 장씩 모아둔 사진을 종종 정희에게 자랑하듯이 보여주곤 했다. 나이가 들면서 새로 나온 전자기기나 기술에 둔감해지는 건 두 사람 모두가 그랬지만, 특히 정희는 그런 것을 조작하기를 점점 더 어려워했기에 영길이 보여줄 때만 사진들을 구경하곤 했다. 각각의 사진들 속의 영길과 정희는 옷차림만 다를 뿐 환하게 웃는 것은 어느 사진을 봐도 같았다. 하지만 정희는 그 사진들을 일일이 자세히 들여다보기를 즐겼다. 마치 몹시 흥미로운 이야기가 적혀 있는 책이라도 들여다보는 것처럼 그랬다.

"사진이 더 많이 쌓여야 우리 모습들로 책을 만들 텐데."

영길이 농담조로 그렇게 말하면 정희는 정말 그랬으면 좋겠다고 대답했다. 그 대답은 농담에 대해서 마찬가지로 농담조로 돌려주는 대답이 아닌 진심 어린 대답이었다. 아무리 생각해 봐도 두 사람보다 예쁜 사랑을 하는 사람이 없었으니까. 사진만 모으는 게 아니라 두 사람이 나눴던 수많은 대화와 공유했던 추억들, 주고받았던 마음을 모으면 책 한 권이 아니라 열 권도 넘게 만들 만큼 두 사람은 특별하기만 했으니까. 그러면 영길이 허허 웃었다. 정희는 그런 영길의 웃음을 보면 지금 내가 몇 살이 됐든 스물한 살 그때로 돌아간 것만 같았다.

하지만 아무리 청춘처럼 사랑하는 두 사람이라고 하더라도 시간의 힘을 거스를 수는 없었으므로, 그들은 점점 늙어갔고 곳곳이 아프기 시작했다. 자는 시간이 길어지는가 싶더니 별안간 반대로 짧아지기도 하고, 쉴 틈 없이 이어지는 기침 때문에 눈물을 흘려야 하는 날이 늘어만 갔다. 특히 영길 쪽이 더욱 그랬다. 평생을 몸을 움직이는 걸 게을리하지 않았던 덕분에 늘 나이보다 열 살은 더 젊어 보이는 그였는데, 어느 순간을 기점으로 급격히 허약해지기 시작해서 결국에는 모두가 생각하는 전형적인 할아버지의 몸매와 자세를 갖게 되었다. 그의 모습이 변한다고 해서 정희가 그를 사랑하지 않게 된다거나 하는 것은 아니었지만, 그가 점점 생기를 잃는 것을 보는 일은 어쩔 수 없이 괴로웠다. 가능만 하다면 자신이 지닌 생기를 조금 나누어주고 싶었다. 그래서 당신이 조금이라도 더 괜찮아질 수 있다면. 우리가 같은 쇠약함을 공유할 수 있다면. 다시 닮아질 수 있다면.

하지만 시간은 착실히 흐르고, 결국 어느 새벽녘에 영길은 곤히 잠든 채로 정희의 옆에서 숨을 멈췄다. 잠에서 깨어난 정희는 크게 놀라지도 슬퍼하지도 않고, 결국 와야 했던 일이 왔다고 생각하며 조용히 여기저기에 전화를 돌렸다.

영길과 정희는 아주 오래전부터 덕망이 높고 누구에게나 사랑받던 부부였고 영길 개인의 평판 역시 늘 좋기만 했기에 동네 사람 모두가 그를 애도하고 그녀를 보살 폈다. 최가네 야채 가게에서도 튼튼이 정육점에서도 가 끔씩 집을 찾아와 정희가 잘 지내고 있는지, 끼니를 거르 지는 않는지를 살펴보았다. 그러다 조금이라도 정희의 낯빛이 좋지 않아 보이면, 그들이 줄 수 있는 가장 좋은 것을 선뜻 내어주며 진심으로 그녀를 위해주었다.

하지만 하나는 알고 둘은 몰랐던 거지. 정희의 낯빛이 좋지 않았던 것은 다른 것 때문이 아니었다. 당연히 영길 을 너무도 그리워하기 때문이었다.

영길의 죽음을 대하는 정희의 태도가 어쩌면 담담해 보여서였는지는 몰라도, 아니면 그가 나이가 들어 노환 에 의해 세상을 떠나서 그런 건지는 모르겠지만, 사람들 은 그가 세상을 떠난 후 얼마 지나지 않아 그의 죽음을 하얗게 잊은 듯했다. 정희라는 사람도 마치 처음부터 혼 자 그곳에 살던 사람이기라도 한 것처럼 말이다. 정희가 혼자 동네를 걸어 다녀도 그 모습을 자연스레 여겼고 뒤 에서 종종 들려오던 핸드폰 카메라 찰칵대는 소리도 더는 들려오지 않았다. 이상하다. 내 옆에는 그이가 있는 게 당연한데. 모두가 우리의 모습을 예뻐해야만 하는 건데. 그러지 못하고 있는 나의 모습에 왜 아무도 슬퍼하지 않는 걸까. 사실은 모두가 내심 속으로 혼자가 된 정희의 모습을 보는 것을 힘들어하고 있을지는 몰라도, 혼자가 된 당사자인 정희는 괜히 심술이 나고 야속해지기만 하는 속사정을 쉽게 다스리지 못했다.

소녀였을 때 이후로 단 한 순간도 영길이 없이 살아본 적 없었던 정희는 의지할 곳 하나 없이 고독하고 조용한 나날을 보냈다.

누구는 영길 살아생전에 아쉬움이 남지 않을 만큼 사랑한다는 표현을 서로 쉬지 않고 주고받았으니 후회는 없겠다고 말했지만, 그 역시 다 모르고 하는 소리였다. 사랑하는 사람을 더는 못 보게 됐는데 이전에 사랑을 얼마나 자주 표현했든 그게 무슨 상관이란 말인가. 슬픈 건 똑같은 것을. 오히려 나보다도 더 사랑하게 되었던 사람이 사라졌으니 더 슬퍼져 버린 것을.

쉬운 일이 하나도 없었다.

혼자 할 수 있는 게 아무것도 없었다. 집에 혼자서만 있기에는 적적하기만 해서, 나물 반찬에 대충 요기하는 것도 이젠 좀 힘들어서 혼자서 뭐라도 사서 먹으려고 나갔더니 들어가는 곳마다 사람 대신 이상하게 생긴 기계가 서 있었다. 어디를 눌러야 주문을 할 수 있는지, 덜 맵게 주문하려면 무엇을 시켜야 하는지를 몰라 우물쭈물하고 있으니 기계는 시간이 다 초과되었다며 맨 처음의 화면으로 정희를 데려갔다. 정희가 진땀을 흘리며 무언가를 다시 눌러보려 하면 뒤에서 한숨 푹푹 쉬는 소리가 들려왔다. 뒤를 돌아보면 젊은 사람들이 줄을 서서 정희를 기다리고 있었다. 그럴 땐 서러움과 미안함이 마구잡이로 뒤섞여 어쩔 줄을 모르게 되곤 했는데, 아주 가끔씩 친절한 사람이 와서 도와주면 정희는 그제야 멋쩍게 웃으며 끼니를 때울 수 있었다.

생활을 이어가기 위해서 핸드폰이나 컴퓨터로 무엇을 신청해야 할 때도, 어디를 좀 가야 해서 전철이나 버스, 기차를 타야 할 때도 당황스러운 일들이 시시때때로 고개를 들이밀었다. 이렇게 하면 되겠거니 하며 나름대로 해본 일 앞에서는 종종 사람들이 윽박을 질렀다. 할머니 뭐 하시는 거냐고. 돈 더 내셔야 한다고. 그렇게 하는 거 아니라고. 그럴 때마다 정희는 미안하다고 내가 뭘 몰라서 그런다고 연신 고개를 숙였다. 살면서 입 밖으로 내뱉은 미안하다는 말의 수보다 배는 많은 횟수를 근 몇 달 사이에 뱉은 것 같았다. 이럴 때마다 남편이 나서서 대신 물어봐 주고 넉살 좋게 이것도 저것도 함께해주었는데. 영길이나 정희나 피차 마찬가지로 세상의 발전과는 동떨어진 삶을 살고 있었지만, 그래도 영길은 달랐는데. 모르더라도 함께 몰라서 괜찮았고 모르더라도 윽박을 듣기보단 그보다 먼저 괜찮다는 말이 들려왔었는데. 그거 참 상냥한 목소리였는데.

그날은 거리를 걷다가 익숙한 식당을 목격했다. 두 사람의 결혼기념일에 맞춰 오늘 한 번쯤은 근사한 양식당에서 밥을 먹자고 영길이 그녀의 손을 잡아끌고 들어갔던 그곳이었다. 참 맛있었지. 군데군데에 어쩌면 그렇게

도 반짝이는 유리들도 많았는지. 예뻤기도 예뻤지. 일순
간 눈이 반짝였다. 추억들이 정희의 그 눈동자 안에서 반
짝이고 있었다.

조용히 문을 열고 들어가니 안에서는 그녀가 그녀의
부모와 부유하게 살았던 언젠가 들은 것 같은 오래된 재
즈 음악이 흐르고 있었다. 셔츠와 조끼를 멋지게 빼입은
직원이 그녀에게 다가와 이름을 물었고, 정희는 영문도
모르는 채로 자신의 이름 김정희, 를 또박또박 발음했다.

직원은 어딘가를 들여다보는 듯하더니 다시 그녀에게
이름을 물었다. 정희는 다시 자신의 이름을 말했고, 직원
은 이내 그녀에게 이렇게 물어왔다.

"예약하신 것 맞으신가요? 성함이 없는데…."

아이고. 맞다. 정희는 이제야 그날의 모든 정경을 기
억해 낼 수 있었다. 영길이 정희의 손목을 잡고 무턱대고
들어섰던 그 식당은 철저히 예약제로만 운영해 오던 식

당이었다. 그때 그곳의 직원은 이곳은 예약제로만 진행된다며 완곡한 거절의 말을 건네왔지만, 영길은 그러냐고 답하면서도 자신들이 오늘 결혼기념일인데, 혹시라도 남는 자리가 있다면 조용히 식사만 하다 가면 안 되겠느냐고 말을 청했었다. 마침 그 말을 안에서 듣던 가게 사장이 두 사람을 빈자리로 안내해서 두 사람은 그날 그들만의 기념일을 챙길 수 있게 되었던 것이다.

그곳에 혼자 서서 멀뚱히 자기 이름만 말하던 정희는 뒤늦게 그러한 장면들이 떠올라 뻘뻘 땀을 흘리기 시작했다. 작은 소란의 원인이 궁금해서인지 안에 있는 사람들도 웅성대며 입구 쪽을 바라보기 시작하는 것 같았다. 그때 자신들을 들여보내 주었던 사장과도 눈이 마주쳤지만, 정희에게는 영길이 지녔던 사람 좋은 넉살 같은 것이 전혀 없었기에 그녀는 웃을 수도 더는 무언가를 청할수도 없었다. 그저 미안했다고 말하며 고개를 숙이고 나오는 일만 할 수 있을 뿐.

급하게 나서는 가게의 닫히는 문 사이로, 잠깐만요, 라는 직원의 것인지 사장의 것인지 모를 사람의 목소리가 들려왔지만, 정희는 그를 못 들은 체하며 걸음을 서둘렀다. 애초에 나와 저 근사한 곳에 함께 있어 줄 영길은 이제 없는데 혼자 그곳에서 밥을 먹든 차를 마시든 다 소용이 없다고 뒤늦게 생각한 탓이었다.

우리를 밀어내려 하는 것들 앞에서 우리도 들어가면 안 되겠냐고 말하는 거. 울거나 화내면서도 하기 어려운 말을 오히려 웃으면서 건넸던 거. 그거 정말 쉽지 않은 일이었을 텐데. 당신 혼자만이 아니라 당신과 나, 우리를 끔찍이 여겨야만 그럴 수 있었을 텐데. 정희는 당시의 영길의 마음을 뒤늦게야 깨달았다. 이별은 이미 벌어졌는데 그 사람의 사랑을 깨닫는 일은 그의 죽음 이후에도 이어지고 있었다.

세상을 사는 그 누구도 노인이 아니라면, 노인의 슬픔과 두려움, 어려움을 알아주지 않는다는 것을 정희는 길을 걸으며 차갑게 통감했다. 이럴 때는 어떻게 했더라. 이렇게 두렵고 서러울 때 나는 어떻게 하면 괜찮아지는 사람이었지.

생각나는 것은 영길의 옷소매뿐이었다. 그저 뭔가 걱
정되는 게 있고 두려운 게 있을 때마다 영길의 팔에 매
달려 있기만 하면 이내 모든 게 괜찮아지곤 했었다. 이럴
때 그가 있다면 참 좋을 텐데. 그이가 내 눈앞에 정말로
있어 준다면야 정말 좋겠지만, 사진으로라도 볼 수 있다
면 정말 좋을 텐데. 핸드폰을 여니 그곳에는 영길의 사진
이 없었다. 처음 핸드폰을 샀을 때 기본으로 설정돼 있었
던 파란색 배경 화면만이 그녀를 반기고 있었다. 그이가
알려줬었는데. 어디를 누르고 또 어디를 누르면 우리 사
진이 나온다고 알려줬었는데. 지금 빨리 그이와 내가 함
께 있는 사진이라도 봐야 내가 안 무너질 것 같은데. 마
음이 마음 같지 않았다. 여기저기를 누를 때마다 필요하
지도 않은 것들이 튀어나와서 그녀를 더 힘들고 아프게
만 만들었다. 필요 없다고. 나타나봤자 모른다고. 나한테
필요한 건 그때의 우리라고. 우리.

그렇게 쓸쓸하게 길을 걷는데, 어떤 문구가 정희의 눈

에 들어왔다.

"무엇이든 바꿔드립니다? 무엇이든 해드립니다? 친
절 봉사?"

저런 일을 해주는 곳이 있다고? 복지 센터 같은 곳일
까? 아니면 저게 요즘 사람들이 말하는 심부름 센터 비
슷한 곳일까? 의아한 마음에 눈가를 찡그리며 자세히 보
니 그곳은 다름 아닌 전당포였다. 전당포는 보통 물건을
맡기면 그 물건에 상응하는 돈을 빌려주는 곳인데, 저곳
은 그것을 넘어서 좀 더 많은 일을 하는 모양이었다. 그
러니까 무언가를 빌려주는 것에서 멈추지 않고 '해주기
까지' 하는 모양이었다.

핸드폰 어딘가에 저장되어 있는 영길의 사진을 보여
주는 하찮은 일, 그러나 정희에게는 그 어떤 일보다도 어
려운 일도 해줄 수 있는 걸까. 그 일은 얼마나 받고 해주
려나. 설마 세상 돌아가는 물정 모른다고 늙은이한테 바
가지를 씌우는 건 아닐까. 역시 그냥 가던 길이나 가야

하는 걸까? 하지만 그렇게 그냥 스쳐 지나가기만 하면, 조금 전에 식당에서 스스로 걸어 나올 때 느꼈던 비참한 기분이 오래도록 이어질 것 같았다. 정희는 침을 꿀꺽 삼키고 그 전당포 쪽으로 다가갔다. 전당포 앞에는 큰 개가 잠들어 있었는데, 차마 그걸 보지 못해서 '아이고 놀래라'라고 소리를 질러야 했다. 개는 그녀의 목소리를 들은 체도 안 하고 계속 잠만 자고 있었다.

"계세요?"

정희는 가게 안쪽으로 고개만 빼꼼 들이밀며 물었다. 다시는 문전박대를 당하고 싶지 않은 나름의 방어기제였다. 하지만 안쪽에서는 우려했던 것과는 다른 따뜻한 대답이 돌아왔다.

"네, 들어오세요. 사모님."

세상 사람 모두가 나를 미워하는 것만 같았는데. 저렇게 따뜻하게 말해주는 사람이 조금만 더 있었으면 얼마나 좋을까. 정희는 일순간 누그러드는 마음을 느끼며 활짝 웃으며 가게 안으로 발을 들였다.

"무슨 일이세요? 맡기실 물건이라도 있으세요?"

"아니요, 돈이 필요한 건 아니고, 돈 말고 뭐를 대신 해주기도 한다고 쓰여 있어서."

"아! 물론이죠, 사모님. 무슨 도움이 필요하세요?"

정희는 손가방 안에 들어있던 핸드폰을 수줍게 꺼내어 남자에게 들이밀었다. 그리곤 남자에게 말했다.

"우리 영감이 얼마 전에 하늘나라로 갔어. 근데 이 핸드폰에 영감이랑 나랑 찍은 사진이 많은데, 내가 그걸 못 찾아요. 이게 우리 같은 사람들이 만지기엔 너무 어려워서."

그러시구나, 남자는 앉아 있던 자리에서 일어나서는 활짝 웃으며 정희의 핸드폰을 받아들었다. 그리곤 정희의 옆으로 가서 정희의 눈높이에서 앨범으로 들어가서 사진을 구경하는 절차를 일일이 알려주었다. 이제 조금 아시겠어요?

"글쎄. 알 것도 같은데 나중에 까먹을까 봐서요. 그냥 나는 아무 때나 보고 싶은데."

"그럼 사모님, 제가 사진 하나를 배경 화면으로 해둘 까요? 열자마자 볼 수 있게요."

남자는 그렇게 말하며 다시 핸드폰을 건네받고는, 잠 시 뒤에 '이 사진이 좋겠네요'라고 말하곤 영길과 정희 가 벚꽃 나무 아래에서 환하게 웃고 있는 사진을 배경 화 면으로 지정해서 정희에게 건넸다. 그것을 받아든 정희 는 그 어느 때보다 환하게 웃으며 남자에게 고마움을 표 했다.

"고마워요. 다음에 다른 사진으로 걸어두고 싶을 때 또 와도 되죠? 돈은 얼마나 드리면 되나?"

"네, 그때 또 오시면 되고, 저한텐 하나도 안 힘든 일이니까 돈은 안 주셔도 돼요. 다음에 오실 때도 안 주셔도 되고요."

아이고 정말요, 그럼 가만있어봐. 여기 이 초콜릿 내가 먹으려고 산 건데 깨끗한 거예요. 이거라도 받으세요. 정희는 그 보기 드물게 친절한 남자에게 무엇이라도 답례하고 싶지만 마땅한 것이 없어 어쩔 줄을 몰랐다.

"네, 그럼 이거라도 잘 먹겠습니다."

"정말 고마워요. 이제는 내 하루가 고독하지 않겠어."

정희는 그렇게 말하며 수줍게 웃어 보였다. 남자는 그녀의 그런 모습을 빤히 보고만 있다가, 조금은 웃음기가 사라진 얼굴로 정희에게 물었다.

"…그렇게 보고 싶으세요?"

남자의 사뭇 진지해진 태도에 정희 역시 괜히 조금 겁을 집어삼킨 채로 답했다. 그렇다고. 당연한 것 아니겠냐고. 동네 사람들 다 알다시피 우리만큼 사이가 각별한 부부가 없었는데. 가만있자, 우리 동네에 전당포가 있었던가? 언제부터 여기에서 장사하셨어?

　　그러니 남자는 헤실헤실 웃으며 글쎄요, 보시다시피여기도 곳곳이 낡을 만큼 오래된 곳이라서 저도 잘 기억이, 라고 답했다. 그리곤 다시금 그녀에게 묻기 시작했다.

　　"아주 잠시라고 해도? 그래도 보고 싶으세요? 아주소중한 것을 대가로 치러야 해도?"

　　"그럼. 억만금이라도 바치고 그게 아주 찰나여도 만날수만 있다면 좋겠어요."

　　남자는 그 말을 듣고 몇 번쯤 고개를 끄덕이더니, 앉아 있던 책상 아래쪽의 서랍을 열고 작은 알약 하나를 그녀에게 보여주었다. 정희가 이게 뭐냐고 묻자 남자는 대답했다. 알고 싶은 사실이나 보고 싶은 사람을 자는 동안 꿈에서 보여주는 약이라고. 물과 함께 삼키고 짧은 잠에 빠지면, 삼십 분이라는 짧은 시간 동안 그것들을 만나게 해준다고.

정희는 소스라치게 놀라며 그런 신묘한 약이 있었느냐고 물었다. 아무리 세상이 뒤집어질 만큼 많이 바뀌었다고 해도 그런 약까지 나왔을 줄은 몰랐다고.

"그래서 그건 얼마예요?"

"따로 값은 정해져 있지 않아요."

부르는 게 값이라는 말이군. 그래도 영길을 다시 만날 수만 있다면 그게 얼마가 됐든 싸게 먹히는 거라고 생각했다. 남자가 정희의 눈을 빤히 응시하며 말했다.

"사모님이 가지신 것 중 지금 가장 소중한 것을 값으로 치르면 된답니다. 그게 무엇이든지요."

지금 나한테 가장 소중한 것이라. 정희는 골똘히 생각했다. 가방 안에는 지갑과 핸드폰, 간식거리, 그리고 혹시 몰라 갖고 다니던 작은 수첩과 볼펜뿐이었다.

"지금은 가진 게 별로 없는데…."

"댁에 다녀오셔도 되고요."

아. 잠깐만. 그게 있었다.

정희가 지니고 다니는 것 중 가장 소중한 것이 있었다. 바로 실처럼 얇은 금반지 두 개였다. 영길과 정희가 없는 형편에 혼수로 맞췄던 결혼반지였는데, 평생을 하나씩 나눠 끼우고 있다가 영길이 세상을 떠난 이후론 정희가 두 개를 항상 몸에 품고 다니고 있었다. 하지만 이건, 나한테는 더없이 소중할지 몰라도 다른 사람들에겐 그다지 값어치 없는 것으로 보일 수도 있을 텐데. 워낙 얇아서.

"결혼반지가 있긴 있어요. 그런데 너무 싼 거라. 실처럼 얇은 금가락지인데….."

"가격은 상관없어요. 다만 그게 사모님께 소중한 것이기만 하면 됩니다. 어떻게. 그걸로 하시겠어요?"

정희는 망설일 수밖에 없었다. 아무리 세상 사람들의 기준에서는 값이 안 나가는 물건이더라도, 거기에는 아주 오래되고도 많은 추억이 담겨 있었기 때문이다.

하지만 따지고 보면, 그건 과거의 것이었고 정희에게 지금 중요한 것은 현재와 미래의 것이었다. 지금 영길을 다시 만나는 것. 그리고 언젠가 다시 만나게 될 영길과의 재회를 기다리는 일뿐. 정희는 다시 침을 꿀꺽 삼키고는 작게 고개를 끄덕였다.

작고 가벼운 반지 두 개를 안에 놓고 나오는데 우주만큼 무거운 것이 떨어져 나간 느낌이었다.

집으로 가는 길이 멀고도 가깝게 느껴졌다. 빨리 영길을 다시 만나고 싶은 마음은 정말이었지만, 만일 알약을 삼켰을 때 일이 잘못돼 버리면 어떡하나. 또 멍청한 내가 무언가를 잘못 이해해서 그 재회가 물거품이 돼버리는 건 아닐까. 아니면 내가 사기를 당한 거라면 그땐 정말이지 어떻게 해야 할까. 그렇게 집으로 가는데, 저 앞에서 평소 가깝게 지내던 동생을 마주쳤다. 말이 동생이지 그녀도 일흔이 다 돼 가는 동네 어르신이었다.

"날씨도 좋은데 어디 가셔?"

정희는 그녀에게 세상을 살다 보니 이런 게 다 있다고 자랑하고 싶어 조금 전에 바꿔 온 알약에 대해 떠들기 시작했다. 그러니 그를 잠잠히 듣고 있던 그녀가 불같이 화를 내기 시작하는 거였다.

"아이고 이 천치 언니야. 아무리 순진해도 그렇지. 세상에 그런 약이 어디에 있어. 그 왜, 뭐 신종 마약처럼 위험한 거일 수도 있는데! 당장 가서 환불해 얼른!"

정희는 정희답지 않게 화가 불쑥 치미는 것을 느꼈다. 그래서 자신도 모르게 가만히 좀 있으라고. 나도 생각이 있어서 그런 거라고 동생에게 쏘아붙였다. 동생은 정희의 그런 모습을 처음 봐서 충격을 받은 모양인지 얼마간 아무 말도 하지 못했다. 정희는 그런 동생을 보며, 또 너무 사람이 착한 나머지 얼른 표정을 풀었다.

"미안해. 농담이었지. 농담. 나도 어디서 말도 안 되는 소리를 들어서 그랬어."

"그런 거지? 그럴 줄 알았어 언니. 아무튼 그래. 나는 저기 가야 할 데가 있어서 다음에 다시 얘기해."

그렇게 가까스로 동생을 떠나보내고, 정희는 다시 부지런히 정희의 집을 향해 걷기 시작했다. 하늘을 올려다보니 동생 말마따나 정말 날이 좋았다. 배는 조금 고파도 마음만은 넉넉해서 허한 느낌이 들지 않는 하루였다.

영길과 정희가 결혼식을 올린 그날도 날이 좋았다. 사

정이 넉넉하지 않았던 두 사람은 동네의 아주 조그만 개척교회에서 손님이 없는 결혼식을 올렸다. 교회 안에 있는 사람은 영길과 정희, 그리고 영길의 가족뿐이었다. 끝끝내 영길과의 혼례를 인정하지 않은 정희의 가족들은 결혼식에 오지 않았다. 두 사람은 조금 많이 조용한 교회 안에서 얇디얇은 반지를 주고받았다. 누가 보아도 초라하다고 할 수 있을 만한 조용한 결혼식이었다. 하지만 다 괜찮았다. 그들에겐 서로가 있었으니까. 둘만 있으면 앞으로도 괜찮기만 할 것 같았으니까.

혼례를 마치고 나서 맞이한 바깥의 정경은 아름다웠다. 지긋지긋할 정도로 눈에 익어 있었던 논과 밭의 모습들도 눈을 감고도 그릴 수 있을 것 같은 산의 굽이짐도 온통 새롭게 다가왔다. 날아다니는 새들도 맑은 공기도 전부 두 사람을 축복하고 있는 것 같았다. 오랜 세월이 지난 뒤에도 영원할 것만 같은 감각이었다.

반백 년이 넘는 세월이 지난 뒤 정희는 혼자 날씨를 구경하고 있다. 거기에 영길은 없다. 하지만 영길을 만나러 갈 수 있다는 생각에 정희는 웃고 있다. 정희는 발걸음을 더욱 서둘렀다.

집에 도착한 정희는 어깨에 메고 있던 가방도 벗어두지 않고는 컵에 물부터 받았다. 그리곤 급하게 알약을 입에 물고 물을 삼켰다. 또 어떻게 하라고 했더라. 그래. 안전한 곳에 누워서 눈을 감고 있으면 된다고 했다. 그러면 자신도 모르는 사이에 스르르 잠에 빠져들 거라고. 그때부터 삼십 분 동안 영감님을 뵐 수 있을 거라고. 그리고 명심해야 할 것은, 삼십 분 안에 돌아와야 한다고.

만나면 무슨 말부터 해야 할까. 그이는 어떤 모습으로 거기에 있을까. 여전히 아파하고 있을까. 나 말고 다른 각시를 새로 들이진 않았을까….

그렇게 생각이 이어지고 있었는데. 분명 조금 전까지만 해도 소파에 누워 있던 정희는 어느새 다른 곳에 있었다. 코로 들이마시고 있는 공기부터가 달랐다. 어딘지 모르게 그리운 맛을 내는 공기였다. 익숙한 냄새. 이게 어떤 냄새였지.

그녀가 눈을 뜨고 주변을 둘러보았다. 아무 오래된 기억이긴 했지만, 그곳은 정희가 아는 곳이었다. 바로 지금의 집으로 이사 오기 전에 영길과 둘이 살았던 그 허름한 집이었다. 지금은 상가와 아파트가 들어찬 땅도 예전 허허벌판인 그 모습 그대로 정희의 주변에 펼쳐지고 있었다.

그이는 어디에 있을까. 마당으로 들어가 저 허름한 문을 열면 영길이 웃으면서 나를 맞아줄까. 그렇게 생각하는데 마침 문이 끼익 소리를 내며 열렸다.

문을 열고 나온 사람은 영길이었다. 그것도 아주 젊은 모습을 한 영길. 정희와 한창 사랑을 키워가던 시절의 그 얼굴을 한 영길. 정희는 너무도 놀란 나머지 두 손으로 얼굴을 가렸다. 영길은 아주 젊은 얼굴로 저토록 멋지게 나를 맞아주는데, 나는 온몸이 쭈글쭈글해진 할머니의 모습으로 그의 앞에 서 있는 게 그렇게 창피할 수가 없었다. 그렇게 두 손으로 얼굴을 가린 채로 서 있기만 하는데, 어쩔 수 없이 뚫려 있는 귀로 영길의 음성이 들려왔다. 탁한 구석이 전혀 없는 젊은 목소리였다.

"왜 예쁜 얼굴을 가리고 그래? 당신도 그렇게나 젊은 얼굴 그대로인데."

무슨 말을 하는 건지. 나를 놀리기라도 하는 건지 일순 원망스러운 마음이 스치는데, 뭔가 이상한 느낌이 들었다. 얼굴에 닿아 있는 두 손바닥의 촉감도, 그리고 손바닥으로 느껴지는 얼굴의 윤기나 탄력도 평소 정희가 아니었다.

얼굴로부터 두 손을 떼어내고 내려다보니 두 손에는 주름이 하나도 없었다. 저 얼굴의 영길을 사랑했던 그 시절의 정희로 돌아간 모양이었다.

"세상에나. 이게 꿈이야 생시야."

영길이 쿡쿡 웃었다.

"얼굴은 젊어졌는데 말투는 아직도 할머니네."

하지만 정희는 영길이 그러고 있는 것처럼 웃기만 할
수는 없었다. 웃음기 섞인 눈물을 흘리며 영길에게 달려
가 안겼다. 영길을 꺼안고 보니 두 사람이 입고 있는 옷
은 결혼식 날에 입었던 그 옷이었다. 그날 영길은 딱 한
벌 있는 검은 양복을 입었고 정희는 여름용 흰색 민소매
원피스를 입었었다. 영길은 품에 안긴 정희의 등을 토닥
이며 작게 말했다.

"못 말리겠다. 결국 당신도 와버리고 만 거야?"

정희는 생각했다. 이 말은 '당신도 죽어서 여기로 온
거냐'는 뜻이겠지.

"일단은 그래."

일단은 무슨 일단. 오면 온 거지. 영길은 작게 웃었다. 그리곤 품에 안겨 있던 정희를 잠깐 떼어내곤 그녀에게 주변을 둘러보라고 말했다.

"이 집 오랜만이지?"

"그러니까. 분명히 싹 다 허물어지고 새로운 집이 들어섰었는데. 당신이 찾은 거야? 아니면 새로 짓기라도 한 거야?"

정희가 물으니 영길이 고개를 끄덕였다.

"그냥. 우리 좋았던 때 생각하면서 최대한 그때처럼 만들어봤지. 생각해 보니까 조금 부족하긴 했어도 당신이랑 여기 살았던 때가 제일 좋았으니까."

"내가 언제 올 줄 알고 혼자 이렇게 계속 여기에 있었어."

"그냥. 언젠가는 분명히 올 줄 알고 있었어."

두 사람은 다시 얼마간 서로를 꼭 껴안고, 마당에 작게 자리를 잡은 마루에 앉아 그간의 이야기를 나눴다. 사람들이 당신 떠나고 참 많이 안타까워해 줬다는 말. 혼자 남은 나를 이 사람도 저 사람도 많이 도와줬다는 말. 당신 없는 나는 영 사람 구실을 제대로 못 했다는 말까지. 그 대목에서는 영길이 너무도 크게 웃음을 터뜨려서 정희는 살짝 그가 야속했다. 영길이 그럼 나 없는 당신은 당연히 힘들지 괜찮을 줄 알았느냐고 말했다. 나는 처음부터 못 그럴 걸 알고 있었다고. 내가 세상을 떠나면서 했던 유일한 걱정도 바로 그거였다고. 우리 정희는 나 없으면 어떡하나 하는 걱정.

그래, 이런 시간이었다. 정희에게 필요한 건 이런 시간이었다. 다른 특별했던 기억들보단 그냥 이렇게 영길과 나란히 앉아서, 또 영길에게 기대어서 시시콜콜한 이야기를 나누는 시간.

그러고 보니 시간이 얼마나 흘렀더라. 전당포의 그 남자가 이야기한 시간은 삼십 분이었다. 삼십 분 안에 잠에서 깨어나지 않으면 영원히 그 꿈 안에서만 머물게 된다고, 다시는 잠에서 깨지 못할 거라고. 사람들은 그런 당신의 모습을 보고 '죽었다'고 판단해 버릴 거라고.

그건 정희가 정말로 원하던 바였다. 그와 계속 함께할수만 있다면 여기가 꿈속이든 저승 세계이든 아무런 상관도 없었다. 더구나 이렇게나 건강해진 모습의 영길이라니. 깨어나지 말아야지. 나는 꿈에서 깨어나지 말아야겠다. 정희는 속으로 굳게 다짐했다. 현실 세계에서 죽은 채로 발견될 육신이 조금 많이 쓸쓸해 보일까 봐서 그게 조금 마음에 걸리긴 했지만, 어차피 그곳에는 더 미련을 품을 만한 것이 없었다. 그저 나를 아는 사람들이 너무 많이 슬퍼하지만 않았으면 좋겠는데. 아마 그래 줄 것이다. 크게 아파하다가 간 것도 아닌 데다가 언제 떠나도 이상하지 않을 나이였으니까.

"결정했나 보구나."

영길이 말했다. 정희가 놀라 되물었다.

"뭐? 뭐를?"

"나는 다 알고 있었지. 당신이 사실은 잠깐 여기에 왔을 뿐이라는 걸. 결국 당신도 와버린 거냐고 물은 건, 솔직한 마음으론 다시 돌아가지 않고 계속 여기에 있었으면 해서 한 말이었어."

영길은 어안이 벙벙한 정희를 다시 살짝 감싸 안으며 말했다.

"정희 네가 무슨 선택을 하든 나는 다 이해할 수 있어. 계속 내 옆에 있어 준다면 정말 좋겠지만, 저쪽에 두고 온 것이나 저쪽에서 조금 더 지내다가 오고 싶으면 그래도 돼. 네가 무슨 선택을 하든 넌 여전히 내 아가씨야. 아주 오래전에 물살을 헤쳤던 것처럼 여전히 난 널 지키는 사람이고."

"내가 어떻게 했으면 좋겠는데?"

"말했잖아. 난 당신이 내 옆에 있으면 하지. 지켜야 한다면 멀리에 있는 것보단 가까이에 있는 게 더 좋으니까."

예쁜 얼굴 계속 볼 수도 있고. 영길은 그렇게 말하며 웃었다. 정희도 웃었다. 그리고 대답했다.

"당신 없는 나는 아무것도 아닌 거 알잖아. 여기에 있을래."

그러니 영길이 환하게 웃었다. 그리곤 고맙다고 말했다. 그래. 원래 이런 사람이었다. 자기에게도 그렇지만 참 세상에 고마운 것도 많은 사람. 그래서 자주 웃었던 사람. 그래서 내가 사랑할 수밖에 없었던 사람. 하지만 그만큼 바보같이 착한 사람. 영길이 이내 걱정스러운 얼굴이 되어 그녀에게 물었다.

"거기에 있는 당신은 어떡하지? 그 동네에 나도 없고 이제 당신도 없게 되면 누가 우리를 기억해 주지?"

이번엔 정희가 반대로 영길을 품에 안고는 그의 머리를 쓰다듬으며 말했다.

"그곳에 있는 그 누구도 우리를 기억하지 않아도 상관없어. 우리도 이쯤 되면 잊혀도 돼. 중요한 건 여기에 있는 우리야. 앞으로도 계속 이렇게 함께할 수 있는 우리."

다시 영길이 그렇게 말해줘서 고맙다고 말했다. 당신은 내 걱정을 한순간에 아무것도 아닌 걸로 만들어버리곤 한다고. 그렇게 두 사람은 나란히 서로에게 기댄 채로 오랫동안, 시시콜콜한 대화를 나눴다.

세상의 시간은 착실하게 흐르고 곳곳에 있는 사람도 물건도 건물도 변해만 갔다. 영길과 정희가 살았던 집도 곧 주인 없는 집이 되어 낡아가기만 했고, 그들을 기억하는 사람들은 점점 줄어갔다. 하지만 그 누구도 슬퍼하는 사람은 없었다. 영길도 정희도 슬퍼하지 않았다. 그들의 행복은 이미 거기에 없었다. 행복은 그 둘의 곁에 있었다.

어떤 사랑은 이렇게 영원하기도 하다.

에필로그

그 남자 이야기

곳곳이 낡아 보이는 전당포 한가운데에 두 사람이 앉아 있다. 스물을 갓 넘긴 듯한 청년과 나이도 가늠되지 않고 별다른 특징도 없는 남자가 칸막이 하나를 사이에 두고 미묘한 표정을 나눈다. 전당포 주인으로 보이는 남자가 먼저 입을 열었다.

"그럼 이쯤에서 정리할까요?"

"그래요. 시간이 벌써 이렇게 됐네요."

드디어 만날 수 있다. 젊은 남자는 그렇게 혼잣말하며

282

자리에서 일어났다. 주인은 그렇겠네요 대답하며 그를 따라 의자에서 일어섰다. 서로를 향해 고개를 숙이고 젊은 남자는 뒤를 돌아 출입문을 향해 걷기 시작했다.

그건 남자가 자주 보는 미소와 자주 보는 뒷모습이었다. 가장 소중한 것을 포기하면서까지 보고 싶은 사람을 만날 수 있다는 설렘과 기쁨이 뒤섞인 모습. 어쩌면 지금 이 세상에서 가장 행복한 사람의 모습이 아닐까 싶은 모습. 남자는 그의 뒷모습을 보며 속삭였다.

"부럽네요."

하지만 귀가 밝았던 걸까 속삭이는 말소리가 컸던 걸까. 문을 향해 걸어 나가던 젊은 남자가 발걸음을 멈추더니 뒤를 돌아봤다. 그리곤 조금 놀란 표정을 짓고 있는 그에게 물었다.

"사장님은요? 사장님은 없어요?"

"뭐가요?"

"이 알약을 먹고 보러 가고 싶은 사람 없냐고요."

남자는 그의 말을 듣고는 작게 웃으며 고개를 숙였다.
그리곤 손을 뻗어 테이블 위에 놓인 작은 액자를 집어 들
었다.

"글쎄요."

액자 안에는 지금보다 부쩍 젊어 보이는 그가 활짝 웃
으며 서 있었다. 그리고 그의 옆에는 어떤 여자가 마찬가
지로 활짝 웃고 있었다. 두 사람의 웃는 모습은 어딘지
모르게 닮아 있었다. 그의 미지근한 대답을 들은 젊은 남
자는 묘한 웃음을 지어 보이며 다시 뒤를 돌아 전당포를
나섰다. 그는 젊은 남자의 등에 대고 한 번 더 고개를 숙
여 인사를 건넸다.

손님이 떠나자마자 긴장이 풀린 모양이었다. 남자는

금방 의자에 무너지듯 걸터앉고는 연신 눈을 비볐다.

"아휴 피곤해. 졸음이 쏟아지네 쏟아져. 안 되겠다."

그는 다시 자리에서 일어서고는 테이블 옆을 돌아 출입문을 향해 걷기 시작했다. 손잡이를 잡고 돌려 문을 열면서는 다시 한번 하품을 했다. 그리곤 눈을 한 번 더 연신 비비고는 그제야 눈을 떴다. 온전히 뜨인 눈 안으로는 온통 초록빛이 쏟아져 들어오고 있었다.

"세상에! 뭐야, 이번엔 산골 마을이었어?"

전당포는 사방이 울창한 숲으로 이루어진 아주 작은 산골 마을의 한가운데에 있었다.

"저번엔 그래도 도심이었는데. 다음으로는 이렇게까지 시골 마을로 와버리다니. 내내 안에만 있느라 바깥도 제대로 못 보고 있었네."

도시와 시골, 바다와 산, 섬과 육지를 가리지 않고 어디서든 목격되는 점포였기에 주로 그 안에서 활동하는 그 남자에게는 그 전당포가 작은 배 또는 다소 큼지막한 자동차처럼 느껴지곤 했었다. 자신은 그것을 능수능란하게 몰지 못하는 무능한 선장 혹은 운전사처럼 여겨졌고.

그런 의미에서 오늘의 일과는 무척 고됐다. 남자는 마치 고속버스 운전기사가 뭉친 어깨라도 푸는 것처럼 양쪽 팔을 돌려댔다. 그도 그럴 것이 장장 세 시간에 걸친 대장정이었다. 빠른 경우엔 '소중한 것을 내놓기만 한다면 보고 싶은 사람을 만나게 해준다'는 설명만 건네고 상대방도 흔쾌히 그 거래에 응해서 십 분도 안 걸려서 응대가 마무리 지어지기도 했지만, 오늘처럼 자신의 사연을 들어주기를 원하는 손님이 오면 여간 에너지가 많이 소비되는 게 아니었다. 오늘의 손님도 그랬다. 그는 마치 자신의 말을 들어주는 사람을 난생처음 발견하기라도 한 것처럼 자신과 자신이 그리워하는 사람에 관한 이야기를 쉬지도 않고 떠들어댔다. 그리고 전당포의 그 남자는 피곤하기도 했지만, 그래도 그의 말을 들어주는 것 역시 일의 일부라는 생각으로 최선을 다해서 그의 말을 경청했던 것이고. 남자는 생각했다. 참, 나만큼이나 다정한 사람도 또 없을 텐데.

생각해 보면 정말 선행이라고 부를 만한 일도 여러 번 베푼 그였다. 자신의 사정을 털어놓으며 눈물을 뚝뚝 흘리는 사람에게는 아주 조심스레 휴지를 건네곤 했으며 길을 걷다가 다 죽어가는 사람을 부축해 전당포로 데리고 온 적도 있었다. 손님으로서가 아니라 도움을 청하기 위해 문을 열고 들어온 사람. 이를테면 핸드폰 조작법을 몰라 배경 화면을 좀 대신 바꿔 달라는 어르신에게까지 일단은 친절하게 웃어 보였던 그였다. 결과적으로는 그의 선행 덕분에 그 어르신은 정말로 전당포의 알약을 구매한 손님이 되었던 것이고.

남자는 산 저 멀리를 바라보며 기지개를 한 번 더 켜고는 말했다.

"이렇게 착한 사람도 또 없는데. 가산점 같은 건 없나요? 근무 일수를 깎아준다든가."

그의 아주 작은 메아리처럼 그의 주변을 맴돌다가 사라졌다. 남자는 조금 무안해진 표정으로 쪼그려 앉아, 가게 앞에 엎드려 잠을 청하고 있는 개의 머리를 쓰다듬었다.

"그렇죠? 가산점 줘야겠죠?"

개는 대답이 없었다. 남자는 고개를 가로젓고는 일어서서 다시금 전당포의 문을 열고 들어갈 뿐이다.

다음엔 어디로 가려나. 바로 전엔 도시였고 이번엔 산골 마을이었으니 다음번엔 좀 신선하고 새로운 동네가 나왔으면 좋겠다고 생각했다. 하지만 그것은 바람일 뿐이라서 다시금 또 다른 산골 마을로 향하게 된다거나 사람이 빽빽한 대도시로 향하게 된다고 해도 불평할 수는 없었다. 다만 긴가민가하는 표정으로 주저하며 문을 열고 들어오는 사람에게 늘 그랬듯 잔잔한 미소와 함께 인사를 건넬 뿐이었다.


의자에 앉아 숨을 고른다. 마치 이륙 직전의 비행기에
몸을 실은 것 같은 느낌이 엄습한다. 잠시 뒤면 눈 깜짝
할 새에 전당포는 다른 곳에 도착해 있을 것이고 그것은
한두 번 겪은 일이 아니었지만 그 이상한 긴장감에는 좀
처럼 익숙해질 수가 없었다. 남자는 테이블 위에 놓인 액
자를 다시금 바라봤다. 그리곤 스스로를 토닥이기라도
하듯 나지막이 속삭였다.


"잘 있지? 기다리게 해서 미안해. 할 일만 다 마치면
늦더라도 꼭 보러 갈게."


마침 전화벨이 울렸다. 남자는 작게 한숨 쉬며 전화기
쪽으로 천천히 손을 뻗었다.


"네, 네, 지금 받습니다."


그 전화는 남자에겐 더없이 익숙한 전화였다. 새로운

장소로 전당포가 자리를 옮길 때마다 '지금 이동이 시작되니 관리자께서는 안전하게 점포 내에 위치해 주십시오'라고 안내해 오는 전화였다.

"네. 전화 받았고 지금 얌전히 자리에 앉아 있습니다."

남자가 그렇게 말하면, 건너편에서는 알았다는 듯이 잠시간의 침묵 후에 먼저 전화를 끊곤 했다. 그런데 이번에는 조금 달랐다. 건너편의 사람이 짐짓 사무적인 말투로 말을 걸어왔다.

"아니요. 이번에는 그것 때문에 전화드린 게 아닙니다. 시기가 임박했습니다."

"시기요? 무슨 시기요?"

"만료일 말입니다."

"만료일?"

전당포의 남자는 그렇게 말하고는, 아차, 무언가를 깨달은 사람처럼 수화기를 든 손을 바들바들 떨기 시작했다.

　그 시기가 다가오고 있는 것이었다. 그에게는 세상의 그 무슨 일보다도 중요한 그 만료일이라는 것이.

시간을 잇는 전당포

© 유화 지음

초판 1쇄 · 2024년 10월 05일

지은이 · 유 화
펴낸이 · 김영재
마케팅 · 염시종, 고경표
디자인 · KUSH, 염시종
제작처 · 책과6펜스
펴낸곳 · 고운출판사
출판등록 · 2021년 5월 21일 제2021-000019호
이메일 · highest@highestbooks.com
ISBN · 979-11-93282-18-2